国家古籍整理出版专项经费资助项目

章培恒　安平秋　马樟根　主编

费振刚　仇仲谦　导读

安平秋　审阅

司马相如集

中华文史名著精选精译精注
·
全民阅读版

凤凰出版社

图书在版编目（ＣＩＰ）数据

司马相如集 / 费振刚，仇仲谦导读. -- 南京 ： 凤
凰出版社，2020.8（2023.7重印）
　　（中华文史名著精选精译精注 ： 全民阅读版 / 章培
恒，安平秋，马樟根主编）
　　ISBN 978-7-5506-3150-2

　　Ⅰ．①司… Ⅱ．①费… ②仇… Ⅲ．①古典文学－作
品综合集－中国－西汉时代 Ⅳ．①I213.412

　　中国版本图书馆CIP数据核字(2020)第062973号

书　　　　名	司马相如集	
导　　　　读	费振刚　仇仲谦	
责 任 编 辑	李　霏	
书 籍 设 计	徐　慧	
责 任 监 制	程明娇	
出 版 发 行	凤凰出版社(原江苏古籍出版社)	
	发行部电话025-83223462	
出版社地址	江苏省南京市中央路165号,邮编:210009	
照　　　　排	江苏凤凰制版有限公司	
印　　　　刷	苏州市越洋印刷有限公司	
	江苏省苏州市吴中区南官渡路20号　邮编:215104	
开　　　　本	880毫米×1230毫米　1/32	
印　　　　张	3.875	
字　　　　数	80千字	
版　　　　次	2020年8月第1版	
印　　　　次	2023年7月第3次印刷	
标 准 书 号	ISBN 978-7-5506-3150-2	
定　　　　价	42.00元	
	(本书凡印装错误可向承印厂调换,电话:0512-68180638)	

丛书编委会 ▉▉▉▉▉

目录

导读

一

　　司马相如,字长卿,小名犬子,后慕蔺相如之为人,更名相如。蜀郡(今四川成都)人。其生年,近人据《史记》本传记载:司马相如在景帝时为郎,后梁孝王入朝,即"因病免,客游梁"(《史记·司马相如列传》,以下凡引《史记》本传者,均不注明出处)。又参以汉制:男子年二十三而傅。景帝二年冬十二月改为二十而傅。由此论定司马相如为郎之年为汉景帝元年(前156年),时二十三岁,如此上推其生年为汉文帝元年(前179年)。其卒年,据本传称:"司马相如既卒,五岁,天子始祭后土。八年而遂先礼中岳,封于太山,至梁父,禅肃然。"汉武帝封禅太山为元封元年(前110年),由此上推八年为元狩五年(前118年)。司马相如生活的年代,正是汉王朝走向巅峰的时候。

司马相如"少时好读书,学击剑",而以蔺相如为榜样,以为国家排忧解难为己任。其时文翁为蜀郡太守,"见蜀地辟陋,有蛮夷风",因大兴教化,"起学官于成都市中"(《汉书·循吏传》),并派遣蜀中青年十余人去长安学习儒家经典,司马相如亦在其中。因留在长安,并于景帝初年"以赀为郎",任武骑常侍。但这并不为司马相如所喜欢,加之景帝并不爱好辞赋,对他也不看重,使他颇有不遇知音之感。景帝中元六年,司马相如归蜀,与卓文君相识,居成都。景帝七年(前150),梁孝王又一次来到长安,并带来了邹阳、枚乘、庄忌等一批文士,司马相如与这些人情趣相投,为能与他们交往而感到高兴,于是借口有病,辞去了武骑常侍的职务,去做梁孝王的门客。"梁孝王令与诸生同舍,相如得与诸生游士居数岁,乃著《子虚》之赋。"

　　汉武帝即位后,在要求各地举荐贤才的同时,也注意搜求文人学士。有一天,汉武帝读了司马相如的《子虚赋》以后,大为赞赏,并以自己不能与作者同时为遗憾。其时,蜀人杨得意为狗监,恰好在武帝身边,趁机对武帝说:"臣邑人司马相如自言为此赋。"汉武帝听了大吃一惊,马上下令召见。司马相如表示《子虚赋》"乃诸侯之事,未足观也,请为天子游猎赋"。赋成奏上,汉武帝十分高兴,任其为郎。

　　建元六年(前135年),东越(闽越)出兵攻打南越,南越告急,请求支援。汉武帝派大行令王恢率军队出豫章去打击东越。战事平息后,王恢派番阳令唐蒙去南越,通报有关情况,并借以显示汉王朝的兵威。出于制伏南越的目的,唐蒙产生了开发西南夷的设想,于是他上书汉武帝说:"南越王黄屋左纛,地东西万余里,名为外臣,实一州主也。今以长沙、豫章往,水道多绝,难行。窃闻夜郎所有精兵,可得十余万,浮船牂柯江,出其不意,此制越一奇也。诚以汉之疆,巴蜀之饶,通夜郎道,为置吏,易甚。"(《史记·西南夷列传》)汉武帝同意了这一想法,并任命唐蒙为郎中将,率领人马,携带财货宝物前去夜郎。又派司马相如出使巴蜀,对那里的人民进行安抚。《喻巴蜀檄》就是他出使巴蜀时发布的政府文告。司马相如出使巴蜀,帮助唐蒙打开了通向西南夷的道路。

司马相如第二次出使巴蜀,到成都,"蜀太守以下郊迎,县令负弩矢先驱,蜀人以为宠"。卓王孙也改变了态度,"自以得使女尚司马长卿晚,而厚分与其女财,与男等同"。也许这种显赫的情状引起了某些人的妒忌,司马相如从巴蜀回到长安后,因有人告发他出使时曾受人财物而被免官。过了一年多,"复召为郎"。由于这件事,司马相如似乎看到了仕途的险难,因而削弱了功名事业之心,常称病闲居于家,很少与公卿大夫交往。但由于职务的关系,他还是要经常陪从汉武帝巡幸各地。一次他陪从汉武帝去长杨宫(今陕西周至东南)田猎,因见汉武帝"好自击熊豕,驰逐野兽",以为"非天子之所宜近",于是上《谏猎疏》以讽谏。返回后,过宜春宫,作《哀秦二世赋》,其辞有云:"弭节容与兮,历吊二世。持身不谨兮,亡国失势。信谗不寤兮,宗庙灭绝。"当是针对现实情况而发的感慨。

司马相如晚年任孝文园令,这是管理文帝陵园的闲散职务(后人辑录他的作品,题为《司马文园集》本此)。但他对于朝廷大事仍很关心,他见汉武帝"好仙道",因上《大人赋》欲以讽谏,但效果与其愿望相反,汉武帝读完赋,反而"缥缥有陵云之志"(《汉书·扬雄传》)。他的内心也颇不平静,《长门赋》也许就在这个时候写成,运用《楚辞》"香草美人"的比兴手法,以表达对自己遭际不幸的感叹。后司马相如因病免官,家居茂陵(今陕西兴平东南,汉武帝死后葬此)。元狩五年(前118年),病卒于家。汉武帝遣使臣求其遗书,其妻曰:"长卿未死时,为一卷书,曰'有使者来求书,奏之'。"这"一卷书"就是司马相如的绝笔之作《封禅文》。

司马相如不仅是汉武帝的文学近臣,而且还是汉武帝内外经营政策的执行者。开发西南夷,沟通汉王朝与西南地方少数民族的关系,自汉武帝开始一直是汉朝的一项基本国策,到东汉还在执行着。这在当时是出于维护、巩固汉王朝统治的现实政治的需要,而今天我们在评述这一历史事实时,应该把它同汉武帝对匈奴用兵一样,要肯定其在历史发展中的积极作用。司马相如在开通西南夷的过程中,两次出使巴蜀,并对其意义做了具体的阐述,表现了他的政治才干,也说明了他并非是一个没有头脑的风流才子。但司马相如对汉武帝也不是一味歌颂,盲目服从的。从以上对其生平的叙述中,我们可以看出他并非趋炎附势、贪图利禄的小人。但由于他生活在汉代最繁荣的时期,又长期生活在宫廷的特殊环境中,缺乏对社会现实的深刻了解和对人民苦难生活的具体感受,因此在他的作品中,我们主要看到的是对封建大一统的颂扬,对封建统治者的善意讽谏,缺乏对人民爱憎情绪的反映,也没有对社会生活矛盾斗争的描写,这是司马相如的思想及其创作的重大缺陷。

二

司马相如的赋,据《汉书·艺文志》著录有二十九篇,现存题为司马相如赋的有五篇:《史记》《汉书》本传载《子虚上林赋》(《文选》亦载,分为《子虚赋》《上林赋》两篇)、《哀秦二世赋》、《大人赋》,《文选》载《长门赋》,《古文苑》载《美人赋》。另,其他古籍还引用过司马相如其余篇赋的一些文句和篇名。司马相如的散文均载于《史记》《汉书》本传,包括《喻巴蜀檄》《难蜀父老》《上疏谏猎》《封禅文》(以上四篇亦载《文选》)。据本传所记,尚有《遗平陵侯书》《与五公子相难》《草木书》等,今皆佚。司马相如还是一位文字学家,著字书《凡将篇》,亦佚,从一些古籍保留的残句看,这是一部以七字为句的教童蒙识字的书。

司马相如文学家的声誉与地位,是由他的《子虚上林赋》奠定的。关于这篇赋的分合、题名有不少的讨论。主要的不同是:有人据本传认为《史记》《汉书》所录的当题为《天子游猎赋》,而另有《子虚赋》;有人则认为《文选》所题为《上林赋》者,即《天子游猎赋》,等等。近人高步瀛在其所著《文选李注义疏》中对各家的说法做了中肯的批评,认为当以两篇作一篇为是。他特别推重吴汝纶的说法,据其所引,吴汝纶认为:"《子虚》《上林》,一篇耳。下言'故空藉此三人为辞',则亦以为一篇矣。而前文《子虚赋》乃游梁时作,及见天子,乃为《天子游猎赋》。疑皆相如自为赋序,设此寓言,非实事也。杨得意为狗监,及天子读赋,恨不同时,皆假设之词也。"另,日本学者泷川资言在所著《史记会注考证》中说:"愚按《子虚》《上林》,原是一时作。合则一,分则二。而'楚使子虚使于齐','独不闻天子之上林乎',赋名之所由设也。相如使乡人奏其上篇,以求召见耳。正是才子狡狯手段。"吴氏、泷川氏的说法,虽亦属推测,但有一定道理,其结论是可信的。我们可以认为司马相如写作这篇赋经过了较长时间,也许在梁孝王客舍时已有一个初稿,以后又不断加工修改,而到了受汉武帝召见时,才最后确定成我们今天读到的这个样子。

《子虚上林赋》按《文选》的分类,归于"田猎"赋中,是在赋中集中描写田猎活动的第一篇。狩猎是原始初民最重要的生产手段,进入阶级社会后,统治者则把它看成是平时练兵习武以及借此游乐的一项活动。先秦的文献中有不少这方面的记载和论述,而作为文学上的反映,则有《诗经·七月》描写了农奴的秋冬之时的田猎活动,《叔于田》《大叔于田》《车攻》等则具体描写了田猎的场面,赞美了田猎中武士的勇猛和技艺的纯熟。但《诗经》中这类作品大都是抒情诗,以抒写主观感受为主。以后在《楚辞·招魂》和枚乘的《七发》中都把田猎作为客观事物来加以描写,但作品并非主要描写田猎。而在《子虚上林赋》中,司马相如把田猎作为主要描写对象,展开了全面而具体的描写,并通过对客观事实的具体描写,形象地表现了作品的主题。《子虚上林赋》是歌颂的作品,作者所描写的是帝王贵族的生活,竭力宣扬的是汉天子的豪华和富有,这固然有揣摹帝王心理,投其所好的一面,但通过这些描写,我们可以感受到封建统一的汉帝国在上升时期所具有的气象和面貌,其视野之恢弘、胸襟之开阔,是以前文学作品中所没有的。《子虚上林赋》还是一篇讽喻性的作品,作者通过对作品中三个人物一浪高过一浪的描写以及最后子虚、乌有先生俯首受教、态度的转变,表达了对诸侯的奢侈和僭越礼法行为的不满,以及维护中央王朝统一的政治态度,这与汉初政论家贾山、贾谊、晁错等人政论文所表达的认识是一致的。至于赋末作者通过天子之口所发表的抑制奢侈、崇尚节俭的议论,其社会效果也许是十分微弱的。而就作品发展来说,在赋末产生这样的议论,是自然的,它符合儒家的"主文而谲谏,言之者无罪,闻之者足以戒"(《毛诗序》)的批评方式,联系司马相如的全部作品,从主观动机上来说,他还是希望通过这种委婉的方式达到其讽谏的目的的。

司马相如另一篇影响较大的赋是《长门赋》。关于这篇赋,历来有人认为是后人托名之作。《南齐书·文学传》载陆厥与沈约书中有"《长门》《上林》殆非一家之赋"的话,于是有人认为陆厥从文章风格的对比上否定了《长门赋》是司马相如的创作。但细读原文,陆厥实无此意,恰恰相反,他是在论证《长门赋》确为司马相如所作。因为紧接上面所引的那一句的后面,是"《洛神》《池雁》便成二体之作",这两个对句的用意相同,是说一个作家可以写出风格不同的作品,所以接下去他明确地指出:"一人之思,迟速天悬;一家之文,工拙壤隔。"显然是在论证由于时间、地点的不同,作家的创作状态也会变化。由此,我们可以论定,陆厥所说"非一家之赋",非"不是一个作家的作品"之谓,乃"不是一种风格的作品"之谓也。又《文选》于该赋前有一段序文,大意是:"孝武皇帝陈皇后"因妒失宠,别住长门宫,因奉黄金百斤,请司马相如写作此赋,"以悟主上,陈皇后复得亲幸"。序文所叙事实与历史记载不完全符合,这是后人以为《长门赋》是托名之作的另一个原因。有人还引用顾炎武的论说以为佐证，顾炎武在《日知录》卷十九"假设之辞"条目下说：

> 古人为赋，多假设之辞，序述往事，以为点缀，不必一一符同也。子虚、亡是公、乌有先生之文，已肇始于相如矣……而《长门赋》所云"陈皇后复得幸"者，亦本无其事，俳偕之文，不当与之庄论矣。（原注：《长门赋》乃后人托名之作，相如以元狩五年卒，安得言孝武皇帝哉？）陈皇后复幸之云，正如马融《长笛赋》所谓"屈平适乐国，介推还受禄"也。

顾炎武论述的重点是在说明古人写赋，多假设之辞，不必尽与事实相符，而《长门赋》所云陈皇后事，即是一例。顾炎武论述的是文学创作中可否虚构的问题，而且把《子虚上林赋》与《长门赋》乃至东汉马融的《长笛赋》联系起来加以论证，并未涉及《长门赋》的作者问题。他在"原注"（据《日知录》体例，当是作者自注）中，因赋序所称孝武皇帝乃刘彻死后的谥号，而司马相如死于汉武帝前，不能预知刘彻的谥号，因此怀疑《长门赋》为托名之作。但从序文的语言上看，与后来班固的《两都赋序》不同，不是司马相如自作，而是后人解释司马相如写作这篇赋的起因所写的一段话。"陈皇后复得亲幸"云云，不过是序文作者为了张大这篇赋的作用，有意编造出来的，不是史笔，可以小说家言视之，正如顾炎武所说的"俳谐之文，不当与之庄论矣"。因此，顾氏所论及的是序文的作者，不能由此导出《长门赋》也是后人托名之作的结论。在没有确凿证据的时候，还是应该相信《文选》，确认司马相如对《长门赋》的著作权。

《长门赋》与《子虚上林赋》不同，在表现手法、艺术风格上与《楚辞》相近，是一篇很好的抒情作品。司马相如写作这篇赋的起因，并不单纯是对于后宫妇女的同情。我们联系到屈原《离骚》中上叩天阖、下求佚女，以及"初既与余成言兮，后悔遁而有他"，"众女嫉余之娥眉兮，谣诼谓余以善淫"等比兴手法的运用，还有司马相如以后张衡《四愁诗》《同声歌》、陶渊明《闲情赋》的出现，司马相如写作《长门赋》未尝不是以后宫女子的悲惨遭遇来寄托个人身世之感慨。屈原利用神话传说的材料，采用的是幻想、象征的手法，人们容易发现其中的寄托，而司马相如转而写人间男女的情爱，采用的是写实的手法，人们容易从其描写的生活出发对作品进行分析，不容易想到作者另外的寓意。司马相如的这种写法，实际上开创了古代诗歌中以男女之艳情写个人情志的一体，对后世文学的影响同样是不可低估的。司马相如的《哀秦二世赋》，吊古伤今；《大人赋》，仙侣神游，对后世同类题材的诗文创作，也都有一定的影响。

司马相如的散文亦多铺张渲染，喜用排偶句式，在文法和语言风格上与他的赋有一致之处，其中《难蜀父老》，采用主客问答的方式，表达了其政治见解，与东方朔《答客难》的写法和用意相同，同为赋中设论一体的开山之作，以后扬雄的《解嘲》、班固的《答宾戏》、张衡的《应间》，远及唐代韩愈的《进学解》，都是受到它们的启发而写成的。

汉赋的主体是以描写田猎、宫苑、京都为主要内容的汉大赋。这种赋的形体，经过枚乘的《七发》，到了司马相如的《子虚上林赋》

已经定型,以后作者凡是写作这种赋都以此为典范而刻意仿效,再无重大发展。司马相如《子虚上林赋》中所体现的艺术构思,运用的写作手法,今天看来都不免显得幼稚,加上形式的单调且缺少变化,以及使用的词藻许多都已经失去了活力,而使文章显得刻板艰涩,现代的读者已无法从中体会到阅读其他文学作品时所有的那种愉悦的感受。但从文学发展的历史中去认识,司马相如的《子虚上林赋》承前启后,有着多方面的开创性贡献,使他成为汉赋作家中成就最大、最有代表性的作家。司马相如的其他创作,表现了他是一个各体兼长的作家,有多方面的艺术修养和创作才能。"文章西汉两司马"(《汉书·公孙弘卜式倪宽传赞》),班固从文章创作方面把司马迁、司马相如二人并列,这成为后世相当一部分人的共同认识。直到"五四"以后,鲁迅先生的《汉文学史纲要》中还把二人放在一个专节里加以评述,指出"武帝时文人,赋莫若司马相如,文莫若司马迁",而在"雄于文","不欲迎雄主之意"方面,二人又有相似之处。但近几十年来,研究者对司马相如评价不高,贬多于褒,这是不全面的。应该承认二人的文学成就是有差异的,但他们都各自从一个方面反映了那个时代,在各自的领域中达到了那个时代的最高水平,为推动文艺和社会的前进,他们有着相同的努力和贡献,二人对后世文学的影响都不仅局限于各自擅长的那一方面,而是全面的、巨大的。因此,把"两司马"看成同一时代的两个文学巨子,是可以的,这有助于我们对他们所处时代的文学做全面考察并做出准确的评价。

三

　　司马相如的作品,《史记》《汉书》《文选》等书所载,文字颇多不同。本书除个别地方外,不列异文、不做校勘,均依一书的文字为准。凡《文选》所载者,则依《文选》(中华书局影印胡克家刻本),它们是《子虚赋》《上林赋》《长门赋》《上疏谏猎》《喻巴蜀檄》《难蜀父老》和《封禅文》。《哀秦二世赋》《大人赋》依《汉书》(中华书局标点本);《美人赋》依《古文苑》(《四部丛刊》本)。在注释和译文中,对于前人和现代学者的研究成果多有汲取,限于体例,未能一一指出,在此一并说明。

费振刚(北京大学中文系)

仇仲谦(珠江学院艺术与人文系)

子虚赋

据《史记·司马相如列传》介绍,司马相如曾于景帝时为郎,因景帝不好辞赋,故借病免,客游梁,作《子虚赋》。后武帝读此赋,极为赞赏,蜀人杨得意趁机引荐司马相如,相如又作《天子游猎赋》献上,其全文载于《史记·司马相如列传》《汉书·司马相如传》。至《昭明文选》,此文则分为《子虚》《上林》两篇。所以后世有部分人以为今之《子虚》《上林》即《天子游猎赋》,今据《文选》分成两篇。《子虚赋》假设子虚出使于齐,向乌有先生夸耀楚王在云梦游猎的盛况非齐王所及,乌有先生不服,加以诘难。此篇描写了诸侯的田猎之乐,为续篇《上林赋》夸饰天子游猎盛况作铺垫。

楚使子虚使于齐①,王悉发车骑,与使者出畋②。畋罢,子虚过诧乌有先生③,亡是公存焉④。坐定,乌有先生问曰:"今日畋乐乎?"子虚曰:"乐。""获多乎?"曰:"少。""然则何乐?"对曰:"仆乐齐王之欲夸仆以车骑之众⑤,而仆对以云梦之事也⑥。"曰:"可得闻乎?"子虚曰："可。王车驾千乘，选徒万骑，畋于海滨，列卒满泽，罘网弥山⑦，掩兔辚鹿⑧，射麋脚麟⑨，骛于盐浦⑩，割鲜染轮⑪，射中获多，矜而自功⑫，顾谓仆曰：'楚亦有平原广泽游猎之地饶乐若此者乎？楚王之猎，孰与寡人乎⑬？'仆下车对曰：'臣，楚国之鄙人也⑭，幸得宿卫十有余年⑮，时从出游，游于后园，览于有无，然犹未能遍睹也，又焉足以言其外泽乎⑯。'齐王曰：'虽然，略以子之所闻见而言之。'仆对曰：'唯唯⑰。'

"'臣闻楚有七泽，尝见其一，未睹其余也。臣之所见，盖特其小小者耳，名曰云梦。云梦者，方九百里，其中有山焉。其山则盘纡弗郁⑱，隆崇嵂崒⑲，岑崟参差⑳，日月蔽亏㉑。交错纠纷，上干青云㉒；罢池陂陀㉓，下属江河㉔。其土则丹青赭垩㉕，雌黄白坿㉖，锡碧金银㉗，众色炫耀，照烂龙鳞㉘。其石则赤玉玫瑰㉙，琳珉昆吾㉚，瑊玏玄厉㉛，硬石碔砆㉜。

"'其东则有蕙圃㉝，蘅兰芷若㉞，芎䓖菖蒲㉟，江蓠蘪芜㊱，诸柘巴苴㊲。

"'其南则有平原广泽：登降陁靡㊳，案衍坛曼㊴，缘以大江，限以巫山㊵。其高燥则生葳菥苞荔㊶，薜莎青薠㊷，其埤湿则生藏莨兼葭㊸，东蘠雕胡㊹，莲藕觚卢㊺，庵闾轩于㊻。众物居之，不可胜图㊼。

"'其西则有涌泉清池，激水推移，外发芙蓉菱华㊽，内隐巨石白沙㊾。其中则有神龟蛟鼍㊿，玳瑁鳖鼋㉛。

"'其北则有阴林：其树楩楠豫章㉜，桂椒木兰㉝，檗离朱杨㉞，楂梨梬栗㉟，橘柚芬芳㊱。其上则有鹓雏孔鸾㊲，腾远射干㊳；其下则有白虎玄豹㊴，蟃蜒貙犴㊵。

"'于是乎乃使专诸之伦㊶，手格此兽㊷。楚王乃驾驯驳之驷㊸，乘雕玉之舆㊹，靡鱼须之桡旃㊺，曳明月之珠旗㊻，建干将之雄戟㊼，左乌号之雕弓㊽，右夏服之劲箭㊾。阳子骖乘，孅阿为御㊿，案节未舒㉛，即陵狡兽㉜，蹴蛩蛩㉝，辚距虚㉞，轶野马㉟，轊陶骀㊱，乘遗风㊲，射游骐㊳。倏眒倩浰㊴，雷动猋至㊵，星流霆击㊶，弓不虚发，中必决眦㊷，洞胸达腋㊸，绝乎心系㊹。获若雨兽㊺，掩草蔽地㊻。于是楚王乃弭节徘徊㊼，翱翔容与㊽，览乎阴林，观壮士之暴怒，与猛兽之恐惧，徼㕙受诎㊾，殚睹众物之变态㊿。

"'于是郑女曼姬[92]，被阿緆[93]，揄纻缟[94]，杂纤罗[95]，垂雾縠[96]，襞积褰绉[97]，郁桡溪谷[98]。纷纷裶裶[99]，扬袘戌削[100]，蜚襳垂髾[101]。扶舆猗靡[102]，翕呷萃蔡[103]；下靡兰蕙[104]，上拂羽盖[105]；错翡翠之威蕤[106]，缪绕玉绥[107]。眇眇忽忽[108]，若神仙之仿佛。

"'于是乃相与獠于蕙圃[109]，媻姗勃窣[110]，上乎金堤[111]。掩翡翠，射鵔鸃[112]，微矰出[113]，纤缴施[114]，弋白鹄[115]，连驾鹅[116]，双鸧下，玄鹤加[117]。怠而后发，游于清池[118]。浮文鹢[119]，扬旌枻[120]，张翠帷，建羽盖。罔玳瑁[121]，钩紫贝[122]。摐金鼓[123]，吹鸣籁[124]。榜人歌[125]，声流喝[126]。水虫骇，波鸿沸，涌泉起，奔扬会[127]。礧石相击[128]，硍硍磕磕[129]，若雷霆之声，闻乎数百里之外。将息獠者，击灵鼓[130]，起烽燧[131]，车按行，骑就队，纚乎淫淫[132]，般乎裔裔[133]。

"'于是楚王乃登阳云之台[134]，怕乎无为[135]，憺乎自持[136]，勺药之和具[137]，而后御之[138]。不若大王终日驰骋，曾不下舆，脟割轮焠[139]，自以为娱。臣窃观之[140]，齐殆不如。'于是齐王无以应仆也。"

乌有先生曰："是何言之过也！足下不远千里，来贶齐国[141]，王悉发境内之士，备车骑之众，与使者出畋，乃欲戮力致获^⑯，以娱左右，何名为夸哉？问楚地之有无者，愿闻大国之风烈^⑭，先生之余论也。今足下不称楚王之德厚，而盛推云梦以为高，奢言淫乐，而显侈靡，窃为足下不取也。必若所言^⑰，固非楚国之美也^⑱；无而言之，是害足下之信也。彰君恶^⑲，伤私义^⑳，二者无一可，而先生行之，必且轻于齐而累于楚矣^㉑。

"且齐东渚巨海^㉒，南有琅邪^㉓，观乎成山^㉔，射乎之罘^㉕，浮渤澥^㉖，游孟诸^㉗。邪与肃慎为邻^㉘，右以旸谷为界^㉙；秋畋乎青丘^㉚，彷徨乎海外^㉛，吞若云梦者八九，于其胸中，曾不蒂芥^㉜。若乃俶傥瑰玮^㉝，异方殊类，珍怪鸟兽，万端鳞崪^㉞，充牣其中^㉟，不可胜记，禹不能名，契不能计^㊱。然在诸侯之位，不敢言游戏之乐，苑囿之大；先生又见客^㊲，是以王辞不复^㊳，何为无以应哉^㊴？"

---

①子虚：和下文的乌有先生、亡是公都是假设人物。子、先生、公，都是对人的尊称；虚、乌有、亡是，即虚假的意思。作者通过这三个假设人物来说明全文是虚构的。　②畋(tián)：射猎。　③过：前往拜访。　④存：在。焉：在那儿。　⑤仆：古代自称谦词。夸：炫耀。

⑥云梦:古代楚地的一大沼泽。　⑦罘(fú)网:捕兔的网。弥:布满。

⑧掩:用网堵拦捕捉。轔:用车轮碾压。　⑨脚:作动词,索绊其一脚。麟:雄鹿。　⑩骛(wù):驰骋。盐浦:海滨的盐滩。　⑪割鲜染轮:割取鲜肉而血染车轮。一说割取鲜肉并拾取车轮上的盐粒混在一起吃。　⑫矜(jīn):自夸。　⑬孰与:犹言何如,含有比较意味。

⑭鄙人:见识低陋的人。自称谦词。　⑮宿卫:在宫禁中值宿守卫。

⑯外泽:指宫禁外面的湖泊沼泽。　⑰唯(wěi)唯:表示应诺的话。

⑱盘纡弗(fú)郁:山势曲折的样子。　⑲隆崇:耸立挺拔。嵂崒(lǜ zú):高峻陡峭。　⑳岑崟(cén yín):形容山高。参差(cēn cī):指山势高低不齐。　㉑蔽:全隐。亏:半缺。承上看,这句说由于山很高,而又高低不齐,因此日月或全被挡,有时又露出一半。　㉒干:触。　㉓罢(pí疲)池:山坡倾斜的样子。陂(pō)陀:山势宽广。

㉔属:连接。　㉕丹:朱砂。青:石青,可制颜料。赭(zhě):红土。垩(è):白土。　㉖雌黄:矿物名,可作颜料。白坿(fù):白石英。

㉗碧:青色玉石。　㉘照烂龙鳞:形容色彩鲜明灿烂,有如龙鳞。

㉙玫瑰:美玉。　㉚琳(lín):美玉。瑉(mín):似玉的美石。昆吾:次于玉的石名。　㉛瑊玏(jiān lè):似玉的美石。玄厉:黑石,可用以磨刀。厉:通"砺",磨刀石。　㉜碝(ruǎn)石:一种次于玉的石,颜色白中带赤。碔砆(wǔ fū):一种赤质白纹的玉石。　㉝蕙圃:香草园。蕙,香草名。　㉞蘅兰芷若:四种香草名。蘅,杜蘅;芷,白芷;若,杜若。　㉟芎䓖(xiōng qióng):香草名。菖蒲:生于水边的一种草名,根可入药。　㊱江蓠:香草名。蘪芜(mí wú):香草名。　㊲诸柘:即甘蔗。巴苴(jū):即芭蕉。　㊳登降:指地势高低。陂(yí)靡:形容山势绵延。　㊴案衍:形容地势低洼。坛曼:形容地势宽广。

㊵巫山:一名阳台山,在云梦泽中。 ㊶葴(zhēn):即马蓝,草名。菥(xī):草名,似燕麦。苞:草名,似茅,可用于织席或编履。荔(lì):草名,似蒲而小,根可制刷子。 ㊷薛:蒿的一种。莎(suō):蒿的一种。蘋(fán):草名,似莎而大。 ㊸埤湿:低洼潮湿之处。埤:同"卑"。藏莨(zāng láng):俗名狗尾巴草。蒹(jiān):没有长穗的芦苇。葭(jiā):初生的芦苇。 ㊹东蘠(qiáng):水蓼的种子,似葵子,可食。雕胡:即菰米,俗名茭白。 ㊺觚(gū)卢:菰茭(菰米的嫩茎)和芦笋。 ㊻奄(ān)闾:蒿艾一类草,种子可以入药。轩于:即莸草,茎似蕙而臭。 ㊼图:描述。 ㊽外:指池水表面。发:开放。芙蓉:即荷花。华:同"花"。 ㊾内:指水中。 ㊿蛟:鳄鱼类。鼍(tuó):即扬子鳄,俗称猪婆龙。 (51)玳瑁(dài mào):海龟类。鼋(yuán):似鳖而大。 (52)楩(pián):古书上说的一种树名。楠(nán):木名,产于南方。豫章:古书上说的一种树名,一说即樟木。 (53)椒:即花椒。木兰:树名,俗名紫玉兰。 (54)檗(bò):即黄蘖,树名。离:通"樆",即山梨。朱杨:即河柳。 (55)樝(zhā):果树名。梬(yǐng):即黑枣。 (56)柚:果名。芬芳:香,香气。 (57)鹓(yuān)雏:传说中一种像凤凰的鸟。 (58)腾远:指猿类腾空跳跃,亦用以代指猿类。射(yè)干:兽名,似狐而小,能攀登树木。 (59)玄豹:黑豹。 (60)蟃蜒(màn yán):兽名。貙(chū):兽名,似狸而大。犴(àn):古代北方的一种野狗,形似狸,黑嘴。 (61)专诸:春秋时吴国勇士,曾为吴公子光刺死吴王僚。伦:类。 (62)格:搏击。 (63)驳:毛色不纯的马。驷:四马合驾的车。 (64)雕玉之舆:雕刻的玉装饰的车子。 (65)靡(huī):通"麾",挥动。桡旃(náo zhān):曲柄的旗。 (66)曳:摇动。明月:珠名。 (67)建:竖举。干将:春秋时吴国著名的铸剑师,

他制的利剑亦取名为干将。雄戟：三刃戟。　　⑱乌号：古良弓名。⑲夏服：夏后氏的箭袋。服，通"箙"，箭袋。　　⑳阳子：即孙阳，字伯乐，春秋时秦人，善相马。骖乘：古代乘车在车右陪乘的人。　　㉑孅（xiān）阿：传说中擅长驾车的人。　　㉒案节：使马行走缓慢而又有节奏。未舒：指马的脚力尚未放开。　　㉓陵：践踏，碾压。狡：矫捷，矫健。　　㉔蹴（cù）：践踏。蛩蛩（qióng）：传说中的异兽，状如马。　　㉕距虚：兽名，似马而小，善奔走。　　㉖轶（dié）：冲犯，侵陵。　　㉗轊（wèi）：车轴头，作动词。陶駼（tú）：即騊駼，马的一种。　　㉘遗风：千里马名。　　㉙騏（qí）：兽名。据《尔雅》称，似马，无角。　　㉚倐眒（shēn）：形容迅速、受惊飞跑。倩浰（lì）：形容迅疾。　　㉛猋（biāo）：疾风。　　㉜霆：闪电，霹雳。　　㉝眦（zì）：目眶。　　㉞洞：贯穿。掖：通"腋"。　　㉟绝：断。心系：连着心脏的血脉筋络。　　㊱雨兽：兽如雨下一般倒毙。雨：用作动词。　　㊲掩（yǎn）：遮蔽，覆盖。　　㊳弭节：即案节。　　㊴翱翔容与：从容自得的样子。　　㊵徼：拦截。觖（jù）：疲乏过度。诎：力尽。　　㊶殚（dān）：尽。变态：各种不同的姿态。　　㊷曼姬：美女。　　㊸被：通"披"。阿（ē）：细缯。緆（xī）：细布。　　㊹揄：牵引，挥动。纻：麻布。缟：素绢。　　㊺杂：犹饰。纤罗：细纹的罗绮。　　㊻縠（hú）：绉纱类丝织品。　　㊼襞（bì）积：指女子裙上的褶皱。褰绉：折叠成裥。　　㊽郁桡：裥较深而又曲折状。　　㊾衯（fēn）衯裶（fēi）裶：衣裙很长的样子。　　⒀袘（yì）：裙下端的边缘。戌削：形容衣裙边缘整齐。　　⒁蜚：通"飞"。襳（xiān）：古代妇女上衣上用作装饰的长带。髾（shāo）：妇女上衣的下端，呈燕尾形。　　⒂扶舆猗靡：形容衣服合身，体态姣好。　　⒃翕（xī）呷萃蔡：皆衣服飘动声。　　⒄靡：通"摩"，拂。　　⒅羽盖：羽毛缀饰的车盖。

⑩⑥错：杂。翡翠：鸟名。葳蕤（ruí）：也写作"葳蕤"，草木茂盛貌。

⑩⑦缪绕：同"缭绕"，纠结。玉绥：女子衣上用玉串成的装饰品。

⑩⑧眇眇忽忽：飘忽不定。　⑩⑨獠（liáo）：夜间打猎。　⑩⑩蹩珊（pán shān）：在树林和深草间行走。一说缓行。勃窣（bó sū）义同"蹩珊"。　⑩⑪金堤：坚固之堤。　⑩⑫掩（yǎn）：用网捕取。　⑩⑬骏鹜（jùn yí）：雉一类的鸟，羽毛呈五彩。　⑩⑭矰（zēng）：短矢。　⑩⑮繶：同"纤"，细。缴（zhuó）：系在箭上的生丝绳，射鸟用。施：发出。

⑩⑯弋（yì）：射。白鹄：水鸟名。　⑩⑰驾鹅：野鹅。　⑩⑱鸧（cāng）：鸧鸹，鸟名，似雁而黑。　⑩⑲加：被箭射中。　⑫⑩清池：指云梦西部的涌泉清池。　⑫⑪浮：水上行船。文鹢（yì）：指绘饰文彩的船。鹢：水鸟名。古代天子所乘之船，船首画有鹢鸟，后乃以鹢代指船。　⑫⑫旌：《史记》作"桂"。栧（yì）：短桨。　⑫⑬罔：同"网"，作动词。　⑫⑭钩：钓取。紫贝：紫色黑纹的介壳类水生动物。

⑫⑮抈（chuāng）：击。金鼓：指钲。形状似鼓，故名。　⑫⑯籁（lài）：古代一种管乐器，三孔。　⑫⑰榜（bàng）人：船夫。榜：摇船的用具。　⑫⑱流喝：声音悲嘶。　⑫⑲水虫：鱼鳖类。　⑬⑩奔扬：本描写波浪的形态，文中借指波浪。　⑬⑪礧（lěi）石：众石。　⑬⑫硍硍磕磕（láng kē）：水石撞击声。　⑬⑬灵鼓：六面鼓。　⑬⑭烽燧：指火炬。　⑬⑮缅（shǐ）：群行的样子。淫淫：渐进的样子。　⑬⑯般（pán）：以次相连而行。裔（yǐ）裔：接连不断向前移动的样子。

⑬⑦阳云之台：台名，又名阳台，在云梦南部巫山下。　⑬⑧怕：通"泊"，恬淡。无为：心底泰然无事。　⑬⑨憺（dàn）：安静。自持：保持宁静的心情。　⑭⑩勺药：药草名，根具有调和五味、辟毒气的功效，故常用以调味。具：备。　⑭⑪御：进。　⑭⑫脟（luán）割：把

鲜肉切成块状。胾：同"脔"，切成块的肉。焠（cuì）：烤炙。一说染，以手指拾取。参见"割鲜染轮"注。　⑭窃：私下。常用以表示个人意见的谦词。　⑭贶（kuàng）：赐与。　⑭勠力：并力。致获：打猎有所获。　⑭风烈：风，指美好的风俗习尚；烈，指功业。　⑭若：如。　⑭固：自然，当然。　⑭彰：显扬。　⑮私：个人。　⑮轻：轻视。　⑮渚（zhǔ）：水中小块陆地。此处引申为水边。　⑮琅邪（yá）：山名，在今山东诸城东南海滨。　⑮成山：在今山东荣成市东。　⑮之罘（fú）：山名，在今山东烟台市福山区东北。　⑯渤澥（xiè）：渤海，古代称东海的一部分。　⑯孟诸：古代薮泽名，在今河南商丘市东北，已淤塞。　⑯邪：同"斜"。肃慎：古族名，亦国名，居住在今黑龙江、吉林、辽宁等地。　⑯右：据文意当作"左"。古人多以东方为左。旸（yáng）谷：传说中日出处。　⑯畋：射猎。青丘：国名，当指今辽东、朝鲜一带地方。　⑯徬徨：逍遥，游乐。　⑯蒂芥：细小的梗塞物。　⑯俶傥（tì tǎng）：卓异。瑰玮：奇伟，卓异。　⑯鳞崪（cuì）：群集。崪：集，止。　⑯牣（rèn）：满。　⑯契（xiè）：传说中商的始祖。　⑯见：被。客：作动词，以客礼相待。　⑯辞：推辞。复：回答。　⑯为：谓，以为。

翻译

　　楚王派遣子虚出使齐国，齐王动用了全部车辆人马，和使者出外射猎。射猎结束后，子虚拜访乌有先生，并向他夸耀，亡是公恰好也在这里。坐定后，乌有先生问："今天射猎愉快吗？"子虚说："愉快。""收获多吗？"答："少。""既然这样，那为什么感到愉快?"回答说:"我感到愉快的是齐王本想向我夸他的车辆人马多,而我却用楚王云梦泽游猎的情形回答他。""可以让我们听听吗?"子虚说:"行。齐王动用车辆千乘,选兵士万骑,到海滨射猎。士卒遍布泽地,罗网覆盖山冈。网捕兔,车压鹿,射中麋,抓麟脚。车辆在海边盐滩上奔驰,猎手们割取鲜肉,血染车轮。他们个个都为自己箭艺高超,捕获甚多而得意洋洋。面对这一切,齐王回头对我说:'楚国也有平坦的原野、广阔的湖泊、游猎的场所和像这般极为快乐的事吗?楚王的游猎,和我相比较又怎样呢?'我下车回答:'我,只是楚国一名少见短识的人,有幸能在宫禁中值宿守卫了十多年。时常侍从楚王外出,但也只在后园游观,看到其中什么是有的,什么是没有的,并且也不能全部看完,又怎么有资格去谈论宫禁外的沼泽呢?'齐王说:'即使这样,也请你把所听到的和看到的粗略地谈谈吧。'我回答:'好的。'

"'我听说楚国有七大湖泽,我曾见其中一个,没有见到其他的。我所看到的,只是其中最小最小的,名叫云梦。云梦泽,方圆九百里,中间有山,那些山弯弯曲曲,高高地耸立着,山势高峻而参差不齐,日月也给挡住了,或被遮蔽了一半。众山重重叠叠,高触云霄,宽广的山坡渐渐倾斜,而与江河相连接。其地则有朱砂、石青、红土、白土、雌黄、白石英、锡、青玉、金、银,众色鲜明灿烂,有如龙鳞。石类则有赤色的玉、玫瑰、琳、瑉、昆吾、瑊玏、黑石、碔石、碔砆。

"'它的东部有香草园囿:内有杜蘅、兰草、白芷、杜若、芎䓖、菖蒲、江蓠、蘪芜、甘蔗、芭蕉。

"'它的南部有平坦的原野,宽广的湖泊;地势高低绵延,有的低洼,有的宽广,以长江为边,以巫山为界。那地势高而干燥的地方生长着马蓝、菥、苞、荔、薜、莎、绿色的蘋,那地势低而潮湿的地方生长着狗尾草、初生的和未长穗的芦苇,东蘠和茭白、莲藕、菰茭、芦笋、庵闾、莸草。众多的生物在那儿生长,无法一一描述出来。

"'它的西部有喷涌的泉水,清澈的池塘,水波激荡流动,水面开着荷花、菱花,水中藏着巨石、白沙,其中有龟、蛟、鼍、玳瑁、鳖、鼋。

"'它的北部有树荫浓密的森林:其树种有楩、楠、豫章、桂、花椒、木兰、黄蘗、山梨、河柳、山楂、梨、黑枣、栗,橘柚散发出芳香。那些树上有鹓雏、孔雀、鸾鸟、腾远、射干;树下有白虎、黑豹、蟃蜒、貙、犴。

"'于是就让像专诸一类的勇士,徒手搏击这些兽类,楚王就驾着四匹驯服的花斑马,登上雕玉装饰的车,让侍卫挥着以鱼须为旌穗的曲柄旗,摇着缀以明月珠的旗帜,高举锋利的三刃戟,王左边佩带雕饰的乌号弓,右边挂着夏后氏的箭袋,让伯乐当陪乘,纤阿为驭者,驾着马舒节健行,压着狡捷的兽类,践踏蛩蛩,碾过距虚,冲击野马,轴头冲杀了駏驉。王乘着遗风马,射取游荡的骐兽。车马急速奔驰,如雷声响动,疾风飞扬,流星陨坠,霹雳震荡;弓不虚发,或射中禽兽眼睛,使其眼眶破裂,或贯穿胸部,从其腋下透出,或射断了连着心脏的血脉筋络。猎获的禽兽非常多,犹如下雨一般，覆盖着草原和平地。于是楚王就勒马缓行盘旋，从容自得地游览了茂密的树林，观看壮士们盛怒的神态和猛兽战栗恐惧的情景，并拦击收取那些疲极力尽的兽类，尽情地观赏众物不同的姿态。

"'于是郑地的美女，娇艳润泽，披着细缯和细布制的衣服，拖着麻布和素绢制的裳裙，身上穿着各色的罗绮，身后垂着薄雾般的轻纱，裙上有很多褶裥，衣上也有很多皱纹，都显得弯曲深邃，仿佛溪谷一般。长长的衣服，掀起的下裙，边缘都是整整齐齐的，那飘扬的衣带，燕尾形衣尾，一个个都衣服合身，体态婀娜，行走时衣服发出窸窸窣窣的摩擦声，衣带有时拂过地面的花草，有时拂过上方的羽盖，女子们的头上都插着各色羽毛，衣服佩带着玉串，行踪飘忽不定，仿佛仙女一般。

"'于是楚王和臣下一起到蕙圃去游猎，他们走过深草丛，走过坚固的堤岸，用网捕捉翡翠鸟，射取骏鸃，短矢飞出，矢上系着纤细的丝绳，射中了白鹄，兼有野鹅、鹔鹴都双双坠下，黑鹤也被箭射中。楚王疲倦后离开了蕙圃，继而游览西部清澈的湖泊，乘着绘有鹢首的船，侍从们划着桂木的桨，张挂着翠羽装饰的帷幔，高举着羽盖，网捕玳瑁，钓取紫贝，敲起铜钲，吹响竹籁，船夫歌唱，悲声嘶哑，鱼鳖惊骇，波涛大作，泉水涌起，急波汇流，水石相击，砯砯磕磕，仿佛雷霆轰响，声音在数百里外都能听到。于是就让众人结束狩猎，敲起六面鼓，举起火炬，车辆按着行列，骑兵各归队伍，全体人马陆陆续续，鱼贯相连，络绎向前。

"'于是楚王就登上阳云台，顿感恬淡无为，内心保持着一种宁静的情绪，侍从准备好调以勺药的美味，随后楚王就进餐。不像齐王您整天奔逐，竟始终不下车，只是把割成块的生肉在轮间烤一下就食用了，还自得其乐。我私下看来，齐恐怕是不如了。'于是齐王无话回驳我。"

乌有先生说："这是说得多么过分！足下不远千里，前来惠顾齐国，齐王动用了国内全部士卒，准备了众多的车马，和您一起出外射猎，这是希望合力去获取禽兽，让使臣和属下欢乐一场，这怎么说是夸耀呢？询问楚地有些什么，是希望听到楚国的美俗善政，以及您的美谈宏论。今足下不去赞扬楚王的盛德，反而极力夸耀云梦游猎之盛，宣扬过分的游乐，以显示奢侈靡丽，我私下认为你是不该这么做的。倘若一切像您所说的那样，那自然不是楚国值得夸耀的事；倘若是虚无的，而您夸大其辞，这就损害了您的信誉。所以说，有而言之，是显扬君王的过失；无而言之，是损伤您个人的信义，二者没有一样是可取的。而您这样做，必将被齐人轻视，将来回楚国，也会因此获罪受累。

"再说齐国东临大海，南有琅邪山，游观成山，射猎之罘，浮舟渤海，游猎孟诸。东北方与肃慎接邻，东边以旸谷为界限，秋日至青丘国射猎，在海外逍遥游乐。齐国之大，像云梦这样的地方，即使有八九处摆在境内，也只当是胸中吞了点小梗塞物，丝毫显不出来。至于像那些不同寻常的奇伟的物产，异国他乡的不同种类，珍奇怪异的鸟兽，数以万计群集在一起，充满境内，无法全部记清。连禹也叫不上名称，契也计算不清。但是齐王处在诸侯的地位，不敢谈论游戏的乐趣，苑囿的广大，而您又是受到客礼接待，因此齐王谦让不肯回驳您，这怎么可以说没有话回答呢?"

上林赋

《上林赋》是《子虚赋》的续篇,它在前文子虚、乌有先生夸饰楚、齐藩国游猎之乐后,继而推出天子的游猎盛况。司马相如生活在西汉帝国鼎盛时期,客观形势开拓了他的眼界和胸襟,因而他的《上林赋》虽以西汉皇家的上林苑为蓝本,却能以现实主义和浪漫主义相结合的手法,极力描述上林苑的广大、物产的丰富、游猎的壮观,不仅反映了汉帝国的面貌,也表现了当时统治者的精神状态。作者在赋的尾声中借天子的反思,认真检讨了声色田猎对人民和国家的危害,并表示须革故鼎新,励精图治。这正表示了作者有着自己的政治见解,欲借赋来议政,而并非只是阿谀奉承的御用文学弄臣。

《子虚》《上林》二赋在赋学领域上均有着极重要的地位,不仅确立了一个以歌颂帝王声威为主,辅之以讽喻的文学传统,而且其富丽文彩、严密结构、铿锵声调、壮阔气势,乃至好用僻字、堆砌词藻的弊病也常成为后世赋家的楷模。此二篇也因此成为汉大赋的绝响。

———————————————————

亡是公听然而笑①,曰:"楚则失矣,而齐亦未为得也。夫使诸侯纳贡者②,非为财币,所以述职也③；封疆画界者④，非为守御，所以禁淫也⑤。今齐列为东藩⑥，而外私肃慎，捐国逾限⑦，越海而田。其于义固未可也。且二君之论⑧，不务明君臣之义，正诸侯之礼，徒事争于游戏之乐，苑囿之大⑨，欲以奢侈相胜，荒淫相越，此不可以扬名发誉，而适足以贬君自损也。

"且夫齐、楚之事，又乌足道乎⑩！君未睹夫巨丽也，独不闻天子之上林乎⑪？左苍梧⑫，右西极⑬，丹水更其南⑭，紫渊径其北⑮，终始灞、浐⑯，出入泾、渭⑰；酆、镐、潦、潏⑱，纡余委蛇⑲，经营乎其内⑳，荡荡乎八川分流㉑，相背而异态㉒。东西南北，驰骛往来㉓：出乎椒丘之阙㉔，行乎洲淤之浦㉕，经乎桂林之中，过乎泱漭之野㉖。汩乎混流㉗，顺阿而下㉘，赴隘狭之口。触穹石㉙，激堆埼㉚，沸乎暴怒㉛，汹涌彭湃，滭弗宓汩㉜，逼侧泌瀄㉝，横流逆折㉞，转腾潎洌㉟，滂濞沆溉㊱；穹隆云桡㊲，宛潬胶戾㊳；逾波趋浥㊴，莅莅下濑㊵；批岩冲拥㊶，奔扬滞沛㊷；临坻注壑㊸，瀺灂陨坠㊹；沈沈隐隐㊺，砰磅訇礚㊻；潏潏淈淈㊼，湁潗鼎沸㊽。驰波跳沫，汩漶漂疾㊾。悠远长怀㊿，寂漻无声[51]，肆乎永归[52]。然后灏溔潢漾^㊼，安翔徐回；滭乎滵滵^㊾，东注太湖^㊿，衍溢陂池^㊿。

"于是乎蛟龙赤螭，䱹鳎渐离^㊿，鰅鳙鳀魠^㊿，禺禺魼鳎^㊿，揵鳍掉尾^㊿，振鳞奋翼，潜处乎深岩。 鱼鳖欢声^㊿，万物众夥^㊿，明月珠子，的砾江靡^㊿，蜀石黄碝^㊿，水玉磊砢^㊿，磷磷烂烂，采色澔汗^㊿，丛积乎其中。 鸿鹔鹄鸨^㊿，鴐鹅属玉^㊿，交精旋目^㊿，烦鹜庸渠^㊿，箴疵鵁卢^㊿，群浮乎其上。 泛淫泛滥^㊿，随风澹淡^㊿，与波摇荡，奄薄水渚^㊿，唼喋菁藻^㊿，咀嚼菱藕。

"于是乎崇山矗矗^㊿，巃嵸崔巍^㊿，深林巨木，崭岩参差^㊿。 九嵕嶻嶭^㊿，南山峨峨^㊿，岩陁甗锜^㊿，摧崣崛崎^㊿。 振溪通谷^㊿，蹇产沟渎^㊿，谽呀豁閕^㊿。 阜陵别岛^㊿，崴磈崴瘣^㊿，丘墟堀礨，隐辚郁礨^㊿，登降施靡^㊿，陂池貏豸^㊿，沇溶淫鬻^㊿，散涣夷陆^㊿，亭皋千里^㊿，靡不被筑^㊿。 掩以绿蕙，被以江蓠，糅以蘼芜^㊿，杂以留夷^㊿。 布结缕^㊿，攒戾莎^㊿，揭车衡兰，稾本射干^㊿，茈姜蘘荷^㊿，葴持若荪^㊿，鲜支黄砾^㊿，蒋芧青蘋^㊿，布濩闳泽^㊿，延曼太原，离靡广衍^㊿，应风披靡，吐芳扬烈，郁郁菲菲^㊿，众香发越^㊿，肸蚃布写^㊿，晻薆

呕茀⑪。

"于是乎周览泛观，缤纷轧芴⑪，芒芒恍忽⑮，视之无端⑯，察之无涯，日出东沼⑪，入乎西陂⑪。其南则隆冬生长，踊水跃波；其兽则㺎旄貘犛⑪，沈牛麈麋，赤首圜题⑫，穷奇象犀⑫。其北则盛夏含冻裂地，涉冰揭河⑬，其兽则麒麟角端，騊駼橐驼⑫，蛩蛩驒騱⑯，駃騠驴骡⑰。

"于是乎离宫别馆，弥山跨谷⑱；高廊四注⑫，重坐曲阁；华榱璧珰⑬，辇道纚属⑬；步檐周流⑬，长途中宿。夷嵕筑堂⑬，累台增成⑬，岩突洞房⑯，俯杳眇而不见⑬，仰攀橑而扪天⑬；奔星更于闺闼⑬，宛虹拖于楯轩⑭。青龙蚴蟉于东箱⑭，象舆婉蝉于西清⑭；灵圄燕于闲馆⑭，偓佺之伦⑭，暴于南荣⑯。醴泉涌于清室⑯，通川过于中庭⑭。盘石振崖⑭，嵚岩倚倾⑭，嵯峨嶵巖⑬，刻削峥嵘⑬，玫瑰碧琳⑬，珊瑚丛生。瑉玉旁唐，玢豳文鳞⑭，赤瑕驳荦⑮，杂臿其间⑯，晁采琬琰⑯，和氏出焉⑯。

"于是乎卢橘夏熟⑬，黄甘橙楱⑯，枇杷橪柿⑯，亭柰厚朴⑯，楟枣杨梅⑯，樱桃蒲陶⑭，隐夫薁棣⑯，答遝离支，罗乎后宫，列乎北园。贮丘陵[167]，下平原。扬翠叶，扤紫茎[168]，发红华，垂朱荣[169]，煌煌扈扈[170]，照曜巨野。沙棠栎槠[171]，华枫枰栌[172]，留落胥邪[173]，仁频并闾[174]，欃檀木兰[175]，豫章女贞[176]，长千仞[177]，大连抱，夸条直畅[178]，实叶葰茂[179]，攒立丛倚[180]，连卷欐佹[181]，崔错癹骫[182]，坑衡閜砢[183]，垂条扶疏[184]，落英幡纚[185]，纷溶萷参[186]，猗狔从风[187]，浏莅卉歙[188]，盖像金石之声，管籥之音[189]。偨池茈虒[190]，旋还乎后宫[191]，杂袭累辑[192]，被山缘谷，循坂下隰[193]，视之无端，究之无穷[194]。

"于是乎玄猿素雌[195]，蜼玃飞蠝[196]，蛭蜩蠼猱[197]，獑胡豰蛫[198]，栖息乎其间，长啸哀鸣，翩幡互经[199]，夭蟜枝格[200]，偃蹇杪颠[201]，逾绝梁[202]，腾殊榛[203]，捷垂条[204]，掉希间[205]，牢落陆离[206]，烂漫远迁[207]。

"若此者数百千处。娱游往来，宫宿馆舍[208]，庖厨不徙，后宫不移，百官备具。

"于是乎背秋涉冬[209]，天子校猎，乘镂象[210]，六玉虬[211]；拖蜺旌[212]，靡云旗[213]；前皮轩[214]，后道游[215]。孙叔奉辔[216]，卫公参乘[217]，扈从横行[218]，出乎四校之中[219]，鼓严簿[220]，纵猎者。河江为阹[221]，泰山为橹[222]，车骑雷起，殷天动地[223]，先后陆离[224]，离散别追，淫淫裔裔㉖，缘陵流泽㉖，云布雨施。 生貔豹㉗，搏豺狼，手熊罴㉘，足野羊㉙；蒙鹖苏㉚，绔白虎㉛；被班文㉜，跨野马㉝。 凌三嵕之危㉞，下碛历之坻㉟，径峻赴险，越壑厉水㊱。 椎蜚廉㊲，弄獬豸㊳；格虾蛤㊴，鋋猛氏㊵；羂騕褭㊶，射封豕㊷。 箭不苟害㊸，解脰陷脑㊹；弓不虚发，应声而倒。

　　"于是乘舆弭节徘徊㊺，翱翔往来，睨部曲之进退㊻，览将帅之变态。 然后侵淫促节㊼，倏夐远去㊽。 流离轻禽㊾，蹴履狡兽；轊白鹿㊿，捷狡兔(51)；轶赤电(52)，遗光耀；追怪物，出宇宙(53)；弯蕃弱(54)，满白羽；射游枭(55)，栎蜚遽(56)。 择肉而后发(57)，先中而命处(58)；弦矢分，艺殪仆(59)。 然后扬节而上浮(60)，凌惊风，历骇猋(61)，乘虚无(62)，与神俱。 蹴玄鹤(63)，乱昆鸡(64)，遒孔鸾(65)，促鵕鸃(66)；拂鹥鸟(67)，捎凤凰(68)；捷鸳雏(69)，掩焦明(70)。 道尽途殚(71)，回车而还；消摇乎襄羊(72)，降集乎北纮(73)；率乎直指(74)，晻乎反乡(75)。 蹶石阙(76)，历封峦(77)，过鳷鹊(78)，望露寒(79)，下棠梨(80)，息宜春(81)。 西驰宣曲，棹鹢牛首(82)，登龙台(83)，掩细柳(84)。 观士大夫之勤略(85)，均猎者之所得获，徒车之所轥轹(86)，步骑之所蹂若(87)，人臣之所蹈藉(88)，与其穷极倦㤭(89)，惊惮慑伏^㉔，不被创刃而死者，他他籍籍^㉕，填坑满谷，掩平弥泽。

"于是乎游戏懈怠，置酒乎颢天之台^㉖，张乐乎胶葛之宇^㉗；撞千石之钟^㉘，立万石之虡^㉙；建翠华之旗^㉚，树灵鼍之鼓^㉛。奏陶唐氏之舞^㉜，听葛天氏之歌^㉝；千人唱，万人和，山陵为之震动，川谷为之荡波。《巴渝》、宋、蔡^㉞，淮南《干遮》^㉟，文成颠歌^㊱，族居递奏^㊲，金鼓迭起，铿锵镗鞈^㊳，洞心骇耳^㊴。荆、吴、郑、卫之声^㊵，《韶》《濩》《武》《象》之乐^㊶，阴淫案衍之音^㊷，鄢郢缤纷^㊸，《激楚》《结风》^㊹，俳优侏儒^㊺，狄鞮之倡^㊻，所以娱耳目乐心意者，丽靡烂漫于前^㊼。靡曼美色^㊽，若夫青琴宓妃之徒^㊾，绝殊离俗^㊿，妖冶娴都^㊿，靓妆刻饰^㊿，便嬛绰约^㊿，柔桡嫚嫚^㊿，妩媚纤弱，曳独茧之褕绁^㊿，眇阎易以恤削^㊿，便姗嫳屑^㊿，与俗殊服。芬芳沤郁^㊿，酷烈淑郁^㊿；皓齿粲烂，宜笑的砾^㊿；长眉连娟^㊿，微睇绵藐^㊿；色授魂与，心愉于侧。

"于是酒中乐酣^㊿，天子芒然而思^㊿，似若有亡^㊿，曰：'嗟乎，此太奢侈！朕以览听余闲^㊿，无事弃日，顺天道以杀伐^㊿，时休息于此，恐后叶靡

丽㉝，遂往而不返，非所以为继嗣创业垂统也㉞。'
于是乎乃解酒罢猎而命有司曰：'地可垦辟，悉为
农郊，以赡萌隶㉞。 颓墙填堑㉞，使山泽之人得至
焉。 实陂池而勿禁，虚宫馆而勿仞㉞。 发仓廪以
救贫穷，补不足，恤鳏寡㉞，存孤独㉞。 出德
号㉞，省刑罚，改制度，易服色㉞，革正朔㉞，与天
下为更始㉞。'

"于是历吉日以斋戒㉚，袭朝服㉛，乘法驾㉜，
建华旗，鸣玉鸾㉝，游于六艺之囿㉞，驰骛乎仁义
之涂㉞，览观《春秋》之林，射《狸首》㉞，兼《驺
虞》㉞，弋玄鹤㉞，舞干戚㉞；载云罕㉞，掩群雅㉞；
悲《伐檀》㉞，乐乐胥㉞；修容乎《礼》园㉞，翱翔
乎《书》圃㉞；述《易》道㉞，放怪兽；登明堂㉞，
坐清庙㉞；次群臣，奏得失㉞；四海之内，靡不受
获。 于斯之时，天下大说；乡风而听㉞，随流而
化；卉然兴道而迁义㉞，刑错而不用㉞；德隆于三
王㉞，而功羡于五帝㉞；若此，故猎乃可喜也。

"若夫终日驰骋，劳神苦形；罢车马之用㉞，
抏士卒之精㉞；费府库之财，而无德厚之恩；务在
独乐㉞，不顾众庶；忘国家之政，贪雉兔之获；则
仁者不繇也㉞。

"从此观之，齐楚之事，岂不哀哉！地方不过千里，而囿居九百⑲，是草木不得垦辟而人无所食也。夫以诸侯之细⑳，而乐万乘之侈㉑，仆恐百姓被其尤也㉒。"

于是二子愀然改容㉓，超若自失㉔，逡巡避席㉕，曰："鄙人固陋㉖，不知忌讳，乃今日见教，谨受命矣㉗。"

---

①听(yǐn)：笑的样子。　②纳贡：缴纳贡献之物。　③述职：陈述履行职务的情况。　④封疆画界：划定诸侯的疆界。　⑤淫：淫放,过分。即指诸侯放纵越轨,侵犯别国领土。　⑥藩：屏藩,古时称诸侯国为藩。　⑦捐：弃,作离开讲。　⑧二君：指子虚和乌有先生。　⑨苑囿：蓄养禽兽、广种树木以供帝王贵族游玩打猎的地方。　⑩乌：何。　⑪上林：苑名,在长安之西。秦时已辟为苑,汉武帝时扩建。其范围在终南山之北,渭水之南,周围三百里,内有离宫七十所。　⑫左：指东方。苍梧：地名,在今广西梧州市。一说指上林苑东边上的一个地方。　⑬西极：邠地,今陕西旬邑西南。一说指上林苑西边上的一个地方。　⑭丹水：出陕西商县西北冢领山,东南至河南境内,入均水。更(gēng)：经历。　⑮紫渊：水名,在山西离石西北。径：经。　⑯灞、浐：二水名,均源于陕西蓝田,流经长安,汇合西北,注于渭水。　⑰泾、渭：二水名,流进陕西中部,东流至陕西高陵合流。　⑱酆(fēng)：水名,源出于陕西宁陕东北之秦岭,西

北流经长安,注入渭水。镐(hào):源出陕西长安南,北流入渭水(后世淤塞)。潦(lǎo):一作涝,源出陕西西安南,北流入渭水。潏(jué):一名沉水,源出秦岭,西北流入渭水。　⑲纤余委蛇(yí):形容水流曲折婉转。　⑳经营:周旋。　㉑荡荡:形容水的流动。八川:即灞、浐、泾、渭、酆、镐、潦、潏八水,又称"关中八川"。　㉒背:方向不一致。　㉓驰骛:形容水流如马奔驰。　㉔椒丘:长着椒木的山丘。阙:一曰门观,即建二台于两旁,上有楼观,中央有阙口,以为通道,故名为阙。此指椒丘的两峰对峙,如宫阙一般。　㉕洲淤(yū):水中可居处。古时长安一带称洲谓之淤。浦:水涯。　㉖决泱(yāng mǎng):形容广大。　㉗汩(gǔ):水流急速的样子。混:同"浑",水势盛大。一说八川合流,浑然无分别的样子。　㉘阿(ē):大丘陵。　㉙穹石:大石。　㉚堆:沙堆。埼(qí):曲岸头。一说沙壅而成的曲岸。　㉛沸:水涌起的样子。　㉜潷(bì)弗:大水流动的样子。宓(mì)汩:水流迅疾。　㉝逼侧:狭窄。泌瀄(bì zhì):水流相击。　㉞逆折:回旋。此言水流受阻横出,形成漩涡。　㉟转腾:形容波浪翻滚如沸腾。潎洌(piē liè):水翻腾时冲击之声。　㊱滂濞(pāng pì):即澎湃,波涛冲击声。沆溉(xiè):形容水势不平。　㊲穹隆:形容水势高起。云桡:水势如云一般回旋曲折。桡:曲。　㊳宛潬(shàn):水流弯弯曲曲的样子。胶戾:回旋曲折。　㊴泡(yà):坑洼地。　㊵湢(lì)泌:水流声。濑(lài):水流于沙滩石碛之上而形成的急湍。　㊶批:击。拥:同"壅",堤岸。　㊷滞沛:形容水奔腾高扬。　㊸坻(chí):水中的小洲或高地。　㊹潺潺(chán zhuó):小水声。　㊺沈沈:形容水深。隐隐:形容水盛大。　㊻砰磅訇磕(pēng pāng hōng kē):象声词,描写大水冲击之声。　㊼潏潏淈(gǔ)淈:水涌出的样子。 ㊽湁潗(chì jí):水沸貌。 ㊾汩急(xī):形容水流急。漂疾:同“剽疾”,形容水势迅猛。 ㊿怀:归。 (51)寂漻:同“寂寥”,形容无声。 (52)肆:作安解。永:长,远。 (53)灏溔潢漾(hào yǎo huáng yàng):水浩荡无边际的样子。 (54)翯(hè):白而有光泽。滈(hào)滈:水泛白光的样子。 (55)太湖:关中巨泽。一说即昆明池。 (56)衍溢:水满而溢出。陂(pí)池:池塘。 (57)䱭鳙(gèng méng):鱼名,即鲟鱼。渐离:鱼名,形状不详。 (58)鰅(yú):鱼名,鲶类。鳙(yōng):即花鲢。鰬(qián):鱼名,似鲤而大。魠(tuō):鱼名,一名黄颊,颊黄口大。 (59)禺(yú)禺:鱼名,皮有毛,黄底黑纹。魼(qū):比目鱼。鳎(tǎ):鱼名,鲵鱼,似鲇,有四足,出声如婴儿,俗称娃娃鱼。 (60)揵(qián):扬起。掉:摇动。 (61)欢:通“喧”,喧哗。 (62)夥:多。 (63)的砾(lì):明亮,鲜明。靡:边。(64)蜀石:次于玉之石名。黄碝(ruǎn):黄色的次于玉之石。 (65)水玉:水晶。磊砢(lěi kē):形容众多。 (66)磷磷:形容玉石的色泽。烂烂:光彩明亮。 (67)澔(hào)汗:盛多。 (68)鸿:大雁。鹔(sù):鹔鷞,雁的一种。鹄(hú):天鹅。鸨(bǎo):又名地鹔,比雁略大,脚健善走,翼较小,飞力弱。 (69)属玉:即鸑鷟。 (70)交精:水鸟名,即池鹭。旋目:水鸟名,大于鹭而短尾,羽毛呈红白色,目旁毛皆长而旋。(71)烦鹜(wù):似鸭而小。庸渠:俗名水鸡,似鸭而灰色鸡脚。 (72)箴(zhēn)疵:水鸟名,似鱼虎而苍黑色。鵁卢:即鸬鹚,水鸟。 (73)泛淫泛滥:鸟类泛于水上的情形。 (74)澹淡:漂动。 (75)奄:息。薄:集。(76)唼(shà)喋:形容水鸟聚食。菁藻:水草。 (77)矗(chù)矗:高起耸立。王念孙《读书杂志》曰:“‘矗矗’二字,后人所加也,‘崇山巃嵸崔巍’六字连读。”录以备考。 (78)巃嵸(lóng zōng):形容高峻耸立。

崔巍:形容高峻。 ⑦嶄(chán)岩:通"巉岩",山势险峻。 ⑧九嵕(zōng):山名,在陕西醴泉东北。嶻嶭(jié niè):形容山高峻。 ⑧南山:终南山,在长安南面,属秦岭山脉。峨峨:高峻。 ⑧岩:险峻。陁(yǐ):倾斜。甂(yǎn):瓦器名,即甑,喻山形。锜(qí):三足釜,喻山形。 ⑧摧娄(wěi):即崔巍,形容高峻。崛崎(jué qí):山路崎岖不平。 ⑧振:收。通:流。"振溪"句:有些溪谷蓄满水,有些山谷却流水潺潺。 ⑧塞产:曲折。 ⑧谽(hān)呀:大而空。豁闲(xiǎ):空虚,空荡荡。 ⑧阜:丘。陵:大阜。 ⑧崴磈(wēi kuǐ):形容高峻。崣垝(wěi guī):盘曲不平。 ⑧丘墟崛礧(jué lěi):堆垄不平的样子。 ⑨隐辚郁礧(lěi):山不平的样子。 ⑨施靡:即陁靡,形容山势绵延。 ⑨陂池:倾斜。貏豸(bǐ zhì):形容山势渐平。 ⑨沇(wěi)溶淫鬻(yù):水缓流的样子。 ⑨散涣:宽广。夷陆:广大的平野。 ⑨亭:平。皋:水边地。 ⑨靡不:无不。筑:捣土使结实。 ⑨糅(róu):混杂。蘪芜:香草名。 ⑨留夷:香草名。 ⑨结缕:草名,蔓生,茎细长,触地之处,皆生细根,叶如茅。 ⑩攒(cuán):丛生。戾莎:绿色的莎草。 ⑩揭车:香草名。衡:即蘅芜,香草名。 ⑩稾(gǎo)本:草名,一年生,茎叶有细毛,叶呈羽状,夏开白花。射干:草名,多年生草本。 ⑩芷(zǐ)姜:即紫姜,芷,通"紫"。襄荷:亦称阳藿,姜科,多年生草本。 ⑩葴(zhēn)持:寒浆,又名酸浆草。若:杜若。荪(sūn):香草名,亦名荃。 ⑩鲜支:栀子树。黄砾:香草名,可染黄色。 ⑩蒋:菰蒲草,俗称茭白。芋(zhù):草名,即荆三棱。 ⑩布濩(huò):遍布。闳(hóng):大。 ⑩离靡:相连不绝的样子。广衍:广布。 ⑩披靡:草木随风偃倒。 ⑩郁郁菲菲:形容香气盛多。 ⑪发越:散播。 ⑫肸蚃(xī xiǎng):香气四散而沁入人心。布写：飘溢四方。　⑬晻薆(àn ài)：众多，盛多。 呹莆(bì fú)：香气盛。　⑭缜(zhěn)纷：繁盛。轧芴(wù)：不可分别的样子。　⑮芒芒：眼光不能集中的样子。恍忽：神思不定，无所适从。　⑯端：边。　⑰东沼：上林苑东边的池沼。　⑱西陂：池名。在上林苑西边。　⑲㺎(yōng)：似牛，颈有肉堆。旄：牦牛，野牛。貘(mò)：根据《尔雅》等书的描述，有人以为即今之大熊猫。犛(máo)：黑色野牛，比牦牛小。　⑳沈牛：水牛。麈(zhǔ)：似鹿而尾大，头生一角。麋(mí)：麋鹿，俗称四不像。　㉑赤首圜题：均南方兽名，以兽形的一部分特征得名。题：蹄，一说额。　㉒穷奇：传说中兽名，状如牛而猬毛，其声如狗嗥。　㉓揭(qì)河：提起衣裳渡河。　㉔角端：兽名，牛类，其角生在头顶正中，角可以制弓。　㉕橐(tuó)驼：骆驼。　㉖驒騱(tuó xí)：兽名，似马而小。　㉗駃騠(jué tí)：家畜名，是公马和母驴的杂交产物。　㉘弥：遍，满。　㉙四注：四边相通。　㉚重坐：两层的楼房。曲阁：曲折相连的阁。　㉛华榱(cuī)：雕绘花纹的屋椽。璧珰：以璧饰椽头。珰：椽头。一说瓦珰。　㉜辇道：即阁道，楼阁间的空中通道。缅属(lǐ zhǔ)：连绵不断。　㉝步檐：走廊。周流：周游。　㉞夷：平。嶵：山。　㉟累：堆叠。台：台阁。增成：犹言重重，层层。　㊱岩穾(yào)：幽深。洞房：深邃的内室。　㊲杳眇：形容深邃。　㊳橑(lǎo)：屋椽。扪(mén)：摸。　㊴奔星：流星。闺闼：宫中小门。　㊵宛：屈曲。楯(shǔn)：栏杆。轩：长廊上的窗。　㊶青龙：为神仙驾车的马。蚴蟉(yǒu liú)：屈曲行动。箱：通"厢"，殿旁屋。　㊷象舆：传说中一种象征太平祥瑞的车，此指神仙所乘的车。婉蝉：蜿蜒，婉转徐行。西清：西厢清净处。　㊸灵圉(yǔ)：同"灵圉"，神仙的统称。燕：闲居。　㊹偓佺

(wò quán)：仙人名。　⑭暴：同"曝"，晒太阳。南荣：屋南檐下。荣：屋翼两头突出如翼的部分。　⑭醴（lǐ）泉：甘泉。　⑭通川：川流不息的水。　⑭盘石：大石。振：整顿，引申为堆砌。　⑭嵚（qīn）岩：形容深险。倚倾：欹斜倾侧。　⑮嵯峨：高峻。嶻嶪（jí yè）：形容山势高峻陡峭。　⑮刻削：本指雕刻与刮削，此处形容山石形状奇特，仿佛人工刻削一样。峥嵘：高峻。　⑮玫瑰、碧、琳：注释见《子虚赋》。　⑮旁唐：广大。　⑮玢（bīn）豳（bīn）：玉的花纹。文鳞：纹理如鱼鳞般。　⑮赤瑕：赤玉。驳荦（luò）：斑驳，形容玉的文采。　⑯杂眚：错综夹杂。眚，同"揷"。　⑯晁采、琬琰（wǎn yǎn）：美玉名。　⑯和氏：和氏璧。春秋时楚人卞和所得的美玉。　⑯卢橘：橘的一种。这种橘成熟后核成黑色。卢：黑。　⑯黄甘：黄柑。楱（còu）：小橘。　⑯橪（rǎn）：酸小枣。　⑯亭：海棠果。柰：果名，苹果一类，俗名花红。厚朴：果名，其实味美可食，树皮可入药。　⑯樗（yǐng）枣：即黑枣，果实似柿而小，干熟后呈紫黑色。　⑯蒲陶：即葡萄。　⑯隐夫：即常棣，果实似李。薁棣：即郁李，果实呈紫赤色，味酸。薁，同"郁"。　⑯答遝（tà）：似李，产于蜀地。离支：荔枝。　⑯扡（yì）：通"迤"，延展。　⑯扤（wù）：摇。　⑯朱荣：红花。　⑰煌煌扈扈：光彩鲜明。　⑰沙棠：木名，其果实北方称沙果。栎（lì）：木名，其实称橡子，叶可饲蚕。楮（zhū）：木名，其实如橡实而小。　⑫华：桦树。枰（píng）：银杏。栌：黄栌，落叶乔木，实扁圆而小，可采蜡。　⑬留落：即刘杙，实如梨，味酸甜而核坚。一说是石榴。胥邪：椰子树。　⑭仁频：槟榔树。并闾：棕榈树。　⑮欃（chán）：檀木的别名。　⑯女贞：木名，常绿灌木或乔木。　⑰仞（rèn）：古代长度单位，汉制为七尺。　⑱夸：即"葩"之省文，花。条：枝条。畅：茂盛。　⑰莈(jùn)：大。　⑱攒立丛倚：形容树木或林立在一起，或丛簇地相依。　⑱连卷：卷曲的样子。柜佹(lì guǐ)：形容树木交叉地生长。　⑱崔错：交杂。癹骫(bá wěi)：纡回屈曲。　⑱坑衡：树干直立的样子。閜砢(kě luǒ)：树木枝条重叠累积、盘结倾侧的情状。　⑱扶疏：树叶茂盛四布状。　⑱落英：落花。幡纚：飞扬。　⑱纷溶：茂盛繁多。箾蔘(xiāo shēn)：形容树枝高长。　⑱旖旎(yǐ nǐ)：柔美。　⑱浏莅(liú lì)：象声词，风吹树木时发出的凄清之声。卉歙(huì xī)：呼吸，这里指风声疾速。　⑱籥(yuè)：管乐器，有三孔。　⑲傂(cī)池：即差池，参差不齐。茈虒：音义同"差池"。　⑲旋还：环绕。　⑲杂袭：相因。累辑：累集。　⑲坂：山坂。隰：低地。　⑲究：彻底寻求。　⑲素：白色。　⑲蜼(wèi)：一种长尾猿。玃(jué)：大母猴。飞蠝(lěi)：鼯鼠，前、后肢之间有宽而多毛的飞膜，借以在树间滑翔。　⑲蛭(zhì)：兽名，传说身长四翼，能飞。蜩(tiáo)：兽名，大如驴，状如猴，善爬树。蠼猱(jué náo)：猕猴。蠼，当作"玃"。　⑲獑(chán)胡：猿类。縠(hù)：似鼬而大，腰以后黄，一名黄腰，食猕猴。蛫(guǐ)：古籍中兽名，形似龟，白身赤首。一说猿类。　⑲翩幡：同"翩翩"，上下飞动。此借以形容猿类矫捷灵巧。互经：互相往来。　⑳夭蟜(jiǎo)：描绘猿类在树上或蹲或挂之状。枝格：树木的枝条。　㉑偃蹇：描绘猿类在树上或蹲或挂之状。杪(miǎo)颠：树梢头。　㉒绝梁：断桥，亦可指涧间的石块。　㉓腾：跃过。殊榛(zhēn)：奇异的树林。榛：树丛。　㉔捷：通"接"，接待。　㉕掉(chuō)：以身投掷于空中。希：通"稀"，疏。间：空隙。　㉖牢落：野兽奔走的样子。陆离：参差不齐。　㉗烂漫：散乱，分散。　㉘舍：用为动词，作住宿解。　㉙背秋涉冬：秋末冬初。　㉚镂象：以象牙镶镂车辂的车。 ㉑玉虬(qiú)：玉饰之马。虬：马高七尺。 ㉑拖：曳。蜺(ní)旌：古代皇帝出行时仪仗的一种。蜺，同"霓"。 ㉑靡：倾斜。云旗：画熊虎于旒为旗，似云气，故名。 ㉑皮轩：以虎皮装饰的车。 ㉑道游：道车和游车，帝王出行时的前驱之车。 ㉑孙叔：公孙贺，字子叔，汉武帝时任太仆。奉辔：执辔，即驾车。 ㉑卫公：汉武帝时大将军卫青。参乘(shèng)：陪乘。居于车右，充当护卫。 ㉑扈从(cóng)：皇帝出巡时的护驾侍从人员。横行：言打猎时不走大道。 ㉑四校：阑校的四面。阑校：围猎时阻挡野兽逃走的木栏。 ㉒鼓：击鼓。簿：卤簿，天子出行时的仪仗侍卫队伍。㉒阹(qū)：围猎禽兽之圈。 ㉒橹(lǔ)：望楼。 ㉒殷(yǐn)：震动。㉒陆离：分散。 ㉒淫淫：渐进。裔裔：四散流布。 ㉒缘：沿。流：顺。 ㉒生：生擒。貔(pí)：古籍中记载的一种猛兽，似虎豹。㉒手：用手击杀。 ㉒足：用足踩而获之。野羊：指羚羊或羱羊。㉒蒙：戴。鹖(hé)苏：用鹖尾装饰的帽子。鹖：似雉，禽名。善斗，至死不却。苏：鸟尾。 ㉓绔：袴，作穿讲。白虎：指袴上有白虎图案。㉓班文：指虎豹之纹的单衣。 ㉓跨：骑。 ㉓凌：登上。三峻：犹言三层。危：山的最高处。 ㉓碕历：不平。坻(dǐ)：山坡。 ㉓厉：涉。 ㉓椎：击杀。蜚廉：传说中兽名，长毛有翼。 ㉓弄：用手摆弄。獬(xiè)豸：传说中兽名，似鹿而一角。相传人主刑罚得中，则生于朝廷，主触不直者。 ㉓虾蛤：猛兽名。 ㉔鋋(chán)：铁柄短矛。此处作动词，以矛杀之。猛氏：兽名，状如熊而小，毛浅有光泽。 ㉔羂(juàn)：用绳索绊取野兽。騕褭(niǎo)：骏马名，传说金喙赤色，日行万里。 ㉔封豕：大猪。 ㉔苟：任意。害：伤。㉔解：破。脰(dòu)：颈项。 ㉔乘舆：借指帝王。 ㉔睨(nì)：视。部曲：

本为军队的编制之称,借指士卒的行伍。 ㉔侵淫:渐进。促节:由徐而疾。 ㉔倏(shū):忽然,疾速。夐(xiòng):远,辽阔。 ㉔流离:即用网捕捉禽鸟。轻:轻疾。 ㉕轊(wèi):践踏。 ㉕捷:疾取。 ㉕轶:超过。 ㉕遗:抛在后面。 ㉕宇宙:四方。 ㉕弯:拉。蕃弱:夏后氏良弓名。 ㉕满:引弓至箭镝为满。白羽:箭的代称。 ㉕枭(xiāo):枭羊,即狒狒。 ㉕栎(lüè):通"捪"。击:射杀。蜚遽(jù):传说中兽名,鹿头龙身。 ㉕择肉:选择兽之肥硕者。 ㉖"先中"句:先指明要射之处,然后发箭,果然射中所指之处。 ㉖臬(niè):箭靶子。殪:一发而死。仆(pú):倒毙。 ㉖扬节:举旌节。上浮:指上游于天空。 ㉖凌:乘。惊风:骤疾的风。 ㉖历:经。骇猋(biāo):骤疾的风。 ㉖虚无:指天空。 ㉖躏:践踏。 ㉖乱:扰乱,冲散。昆鸡:似鹤,黄白色。 ㉖遒:迫近。 ㉖促:接近。骏蚁(jùn yì):古籍中记载的鸟名,雉一类,羽毛呈五彩,有花纹。 ㉗拂:击。鹥(yī):凤属,鸟名。 ㉗捎:通"箭",以竿击鸟。 ㉗捷:获。鹓雏(yuān chú):传说中与鸾凤同类的鸟。 ㉗掩(yǎn):捕取。焦明:传说中五方神鸟之一,凤凰属。 ㉗殚:尽。 ㉗消摇:同"逍遥",优游自得的样子。襄羊:同"倘佯"。徘徊:盘旋。 ㉗北纮(hóng):极北之处。《淮南子》云:"八泽之外,乃有八纮。"此指上林苑的北边。 ㉗率乎:果断而行。直指:一直往前。 ㉗晻:迅疾。反乡:顺着来时的方向往回走。乡,通"向"。 ㉗蹶(jué):踏。石阙:观名。 ㉘封峦:观名。 ㉘鳷(zhī)鹊:观名。 ㉘露寒:观名。以上四观都建于汉武帝建元年间,在云阳甘泉宫外。 ㉘棠梨:宫名,在甘泉宫东南三十里。 ㉘宜春:宫名,在陕西杜县东。 ㉘宣曲:宫名,在昆明池西。 ㉘棹鹢:持棹行船。鹢,指船。注释见《子虚赋》。牛首：池名，在上林苑西部。 (287)龙台：观名，在丰水西北，近渭水。 (288)掩：止，息。细柳：观名，在昆明池南。 (289)士：甲士。大夫：官名，指参加射猎的将吏。勤：辛勤。略：所获。 (290)轥(lìn)轹：以车轮碾死。 (291)蹂：践踏。若：助词。 (292)人臣：指侍从。蹈藉：践踏。 (293)穷极倦𠛱(jù)：指禽兽穷困疲惫不堪。𠛱：疲倦之极。(294)惊惮：惊恐。慑伏：惊恐而不动的样子。 (295)他他籍籍：指禽兽的尸体纵横满布地上。 (296)颢(hào)天之台：高台名。台高上干云天，故名。 (297)张乐：陈设音乐。胶葛：形容空旷深远。宇：屋。 (298)石(dàn)：重量单位，每石一百二十斤。 (299)虡(jù)：钟架。 (300)翠华旗：皇帝仪仗的一种，用翠鸟羽作装饰的旗。 (301)鼍(tuó)鼓：蒙着鼍皮的鼓。 (302)陶唐氏：尧。 (303)葛天氏之歌：古歌名。《吕氏春秋·古乐篇》："葛天氏之乐，三人操牛尾，投足以歌八阕。"葛天氏，远古帝王号。 (304)巴渝：舞名，产于蜀地巴渝二地。巴渝之人，刚勇好舞。汉高祖招募之以平三秦，后使乐府习其舞，因名巴渝舞。宋、蔡：先秦时二国名，此指二地的音乐。 (305)淮南：汉藩国名，此指其地的音乐。干遮：乐曲名。 (306)文成：汉时辽西县名，其县人好歌。颠：同"滇(diān)"，汉时西南小国名，在今昆明一带。 (307)族居(jǔ)：俱举，指众乐同时并举。递奏：更奏，指诸乐交替而奏。 (308)铿锵：象声词，指钟声。镗鞈(tāng tà)：象声词，指鼓声。 (309)洞心：响彻内心。洞：通，彻。 (310)荆、吴、郑、卫：均先秦时国名。荆、吴、郑、卫之声，指这些诸侯国的民间音乐。 (311)韶：舜时乐。濩：汤时乐。武：周代六舞之一，周武王时乐。象：周公乐。 (312)阴淫案衍：淫靡放纵之意。 (313)鄢郢：皆战国时楚地，在今湖北境内。 (314)激楚：楚地歌曲名。结风：曲名。 (315)俳(pái)优：古代以乐舞、谐戏为业的艺人。侏儒：矮小之人。古代贵族常以此种人表演杂戏，故与俳优并列。　㉖狄鞮(tí)：古代西方种族名。倡：古代歌唱的乐工。　㉗丽靡：连续不断。烂漫：形容光彩四布。　㉘靡曼：美丽。　㉙青琴：古神女名。宓(fú)妃：伏羲氏女，溺死洛水，遂为洛水之神。　㉚绝殊：与众不同。离俗：犹言举世无双。　㉛妖冶：艳丽。娴都：文雅美丽。　㉜靓(jìng)妆：以脂粉妆饰。刻饰：以胶刷鬓，使之整齐，好像刻画一般。　㉝便嬛(piān xuān)：姿态轻盈的样子。绰约：姿态柔美的样子。　㉞柔桡：指身体柔软而苗条多姿。嫚(màn)嫚：亦作嬛嬛，形容柔美。　㉟独茧：一茧之丝，形容丝色之纯。褕(yú)：襜褕，罩在外面的直襟单衣。绁(yì)：裳裙下端的边缘。　㊱眇：美好。形容"阎易"和"恤削"的情状。阎易：衣长大的样子。恤削：戌削，描写行走时裳缘之整齐。　㊲便姍(piān xiān)：即蹁跹，形容旋转的舞态。嫳(piè)屑：衣服飘舞的样子。　㊳沤(òu)郁：香气浓烈。　㊴酷烈：浓烈。淑郁：香气清美浓厚。　㊵粲烂：光彩鲜明。　㊶宜笑：露出洁白牙齿的笑。的砾(lì)：鲜明。　㊷连娟：弯曲细长。　㊸微睇(dì)：目微视。绵藐(miǎo)：目光美好的样子。　㊹酒中：酒饮到半酣。乐酣：音乐正奏到酣畅的时候。　㊺芒然：茫然，怅然。　㊻亡：丧，失。　㊼览听余闲：听政的余暇。　㊽顺天道：根据自然季节的变化行事。古人认为春天不应捕杀禽兽，而秋天则可以田猎，认为这是顺天道。　㊾后叶：后世。靡丽：奢侈。　㊿继嗣：继承(帝业)。垂统：指封建帝王把基业传给后代。　(51)赡(shàn)：赡养，供给。萌隶：下层的百姓。萌：民。隶：小臣，也指奴隶。　(52)颓(tuí)：坠落。堑(qiàn)：壕沟。　(53)仞：满。　(54)恤：周济。鳏(guān)：丧妻者。寡：寡妇。　(55)存：慰问。独：丧子女者。　(56)号：

号令,政令。 ㉞易服色:改变衣服、车舆的装饰。 ㉞正:每年的正月。朔:每月的初一。革正朔:犹言改变历法。古人常以易服色、改正朔作为改革旧弊、实行新政的标志。 ㉞为更始:指建立一个新的开端。 ㉟历:选。斋戒:古代祭祀前,沐浴更衣,不饮酒,不吃荤,男女别室,以示虔诚。从"历吉日"起至"四海之内,靡不受获",以射猎为喻,实指修文教,兴礼乐。 ㉟袭:衣上加衣。朝服:君臣朝会时所穿的礼服。 ㉟法驾:天子的车驾。天子的车驾分三等级,其仪卫之繁简各不相同,法驾的排场比大驾小,比小驾大。 ㉟玉:玉佩。鸾:铃。 ㉟六艺:即六经,指《诗》《书》《礼》《乐》《易》《春秋》。又指礼、乐、射、御、书、数。 ㉟涂:同"途",道。 ㉟狸首:古佚诗篇名,古时诸侯行射礼时奏《狸首》乐章以为节。 ㉟兼:同时进行。驺虞:《诗经·召南》篇名,古时天子行射礼时奏《驺虞》乐章以为节。 ㉟弋:"佾"的假借字,舞蹈的行列。用作动词,指排行而舞。玄鹤:传说鹤千岁化为苍,又千岁变为黑。此指玄鹤形的舞具。 ㉟干:盾。戚:斧。此指舞具,相传舜时舞干戚而感服了南方有苗氏。 ㉟云罕:本指张于空中捕鸟的网,此指天子出行时前驱者所持的旌旗。 ㉟群雅:双关语。既指群鸦,又指文雅贤俊之士。掩群雅:谓天子搜罗人才。 ㉟伐檀:《诗经·魏风》篇名,旧说是"刺贤者不遇明王也"。 ㉟乐胥:出自《诗经·小雅·桑扈》"君子乐胥,受天之佑"句。胥:有才智的人。乐乐胥:谓天子以得贤士为乐。 ㉟修容:修饰仪容,喻学习。《礼》园:《礼》的范畴。 ㉟翱翔:徘徊游赏,喻钻研。 ㉟述:修,指钻研、学习。 ㉟明堂:古代天子宣明政教的地方,凡朝会、祭祀、庆赏等大典均在此进行。 ㉟清庙:太庙。 ㉟得失:以畋猎之得失喻政治之得失。 ㊱乡风:

向风。乡，通"向"。　⑰卉(xū)然：迅速。迁义：归向仁义。　⑰刑错：谓天下大治而刑法搁置不用。错，同"措"，搁置。　⑰隆：盛，高。　⑭美：富饶。五帝：说法不一，一般指黄帝、颛顼、帝喾、尧、舜。　⑮罢：疲，指耗尽。用：功能。　⑯抏(wán)：损耗。精：锐，指精力、锐气。　⑰独乐：指君王独自贪图享受。　⑱繇：同"由"，从。　⑲囿居九百：形容囿占地之大，是夸张语。　⑳细：指地位低。　㉑万乘：指天子。　㉒尤：祸。　㉓愀(qiǎo)然：形容神色变得严肃。改容：变了脸色。　㉔超若：怅惘，若有所失的样子。　㉕逡巡：向后退却。避席：离开席位，表示钦佩的礼节。　㉖鄙人：小人，谦词。固陋：见识浅陋。　㉗受命：受教。

翻译

　　亡是公笑着说："楚当然是做得不对，然而齐国也并不能说做对了。天子让诸侯按时交纳贡物，并不是为了财货，而是为了让诸侯定时来汇报他们履行职责的情况。天子为诸侯划分疆界，并不是要他们去守卫这条疆界，而是为了防止他们超越界限去侵掠别人。现在齐国作为天子设在东方的一个屏障，却对外私通肃慎，离开本土，越出了国界，越过了大海，到遥远的青丘去畋猎。这在道理上当然是很说不过去的。再说，你们二位的争辩，不是去努力阐明君臣间应有的礼仪，端正诸侯行为规范，而是徒劳无益地争论什么游戏的快乐，苑囿的大小，只是想靠比较谁更奢侈荒淫来胜过对方，这样做不是发扬了本国的美名，提高了威望，而只能是贬辱了君王，损害了自身的名誉。

"再说齐、楚两诸侯国的事又哪里值得提呢？你们都没有见到过那壮丽的景色啊。难道你们没有听说过天子的上林苑吗？上林苑东面到苍梧，西面到齸地，丹水流过它的南方，紫渊经过它的北边，苑内既有灞水和浐水，又有泾水和渭水穿过，流向远方，酆水、镐水、潦水、潏水，也弯弯曲曲地周旋于苑内。这八条河川在苑内浩浩荡荡地分流，各自以其特有的姿态流向不同的地方。东南西北，交错网织：流过长满花椒的山谷，流过水洲边，流过桂树林，流经广阔的原野。水流迅猛，水势盛大，顺着高高的丘陵向下游流去，奔赴狭隘的山口，冲击着大石，激荡着沙堆和堤岸。波涛激荡，仿佛发怒一般，汹涌澎湃，奔腾而下。在谷口，河水急涌而上，横流回涌，互相冲击，发出响声。那汹涌沸扬的水势，犹如云彩曲折低徊，弯弯曲曲，萦绕纠缠。后浪越过前浪，一直流向深渊，流向沙滩的石碛之上，形成湍流，不停地冲击堤岸。河水奔腾沸扬，当它流过沙坻或溪壑时，水势渐缓，发出细小的声音而坠入壑中。那很深很大的河水，发出砰磅訇磕的响声，波涛涌出，好像沸水在锅中翻滚。河水滚滚驰去，只见浪花飞扬，急转直下，渐渐又波平浪静，水势悠远，静静地流着，流向远方。远望江水茫茫，缓缓流动，泛出一片白光，一直流向大湖，溢入附近的小湖沼中。

　　"在那儿有蛟龙、赤螭、䲞䲚、渐离、鰅、鳙、鰜、魠、禺禺、魶、鰨等，在水深弯曲之处摇鳍摆尾，振鳞奋翼。在岸边能听到鱼鳖在水中的戏跃声，还能看到水中的许多宝物，有大珠、小珠，珠光都照亮了江边。还有蜀石，黄色的碝石、水晶，多得都成了堆，这些鲜艳明亮的玉石，全都沉积在水下。河边还有大雁、鹔鹴、天鹅、鸹、野鹅、属玉、池鹭、旋目、烦鹜、庸渠、箴疵、䴔鹅等鸟,都在江上泛游,随着风浪自由自在漂荡,有的栖息在水渚上,有的在咬嚼水草和菱藕。

"苑内有许多高山,都高大峻险,上面是一片深林和大树,众多的山峰连绵起伏。那儿有高峻的九嵕山,还有巍峨的终南山。有些地方奇险峻绝,有的地方是斜坡,有的山形像甑,有的像三足釜,山势高峻,山路也崎岖不平。有些山谷蓄满了水,有些山谷却流水潺潺,弯弯曲曲的山沟大而空虚。高高低低的土丘在水中又都成为一个个小岛,高峻的山峰连绵起伏,到远处就逐渐倾斜,趋于平坦。在那儿水已缓缓流动,山也被夷平为一片陆地,在河边形成千里沃野,无处不被开垦成良田。地上覆盖着绿色的香蕙和江蓠,杂生着蘼芜和勺药。到处是结缕,丛生着绿色的莎草,揭车、蘅、兰、槀本、射干、紫姜、蘘荷、酸浆草、杜若、荃、栀子树、黄砾、菰蒲草、三棱草、青薠等,遍布大泽,蔓延原野,相连不绝,随风摇摆,散发出浓烈的芳香,香气沁人肺腑,飘向四方。

"四处游览,苑中景物繁多,令人目不暇接、眼花缭乱,只看到它无边无际,太阳从苑东的池中升起,又落入苑西的陂池中。苑的南方,即使是寒冬腊月,还是草木青翠,绿波荡漾。那儿有猵、牦牛、大熊猫、旄、水牛、麈、麋、赤首、园题、穷奇、大象、犀牛。苑的北部即使在三伏季节也是冰冻地裂,能涉冰渡河,那里有麒麟、角端、驹骏、骆驼、蛩蛩、驒騱、駚騠、毛驴、骡子等动物。

"那里有君王的行宫,遍布山林,横越溪谷。有四边相通的行廊、高高的楼房、曲折相连的阁。那上面的屋橡都雕绘着花纹,橡头装饰着美玉，阁道四处相连，当你沿着长廊游览时，那长长的阁道一天都走不完，只好中途住宿下来。高山顶上有一块开辟出来的平地，上面建着各式厅堂和层层楼房，进去就感到深邃幽静。俯首下看，深远得看不见地面景物，向上去攀屋椽，似乎手都可以摸到天了。流星驰过宫中小门，弯弯的彩虹越过眼前的栏槛门窗。为神仙驾车的马以及他们坐的车都宛转地驰过大殿两旁清净的厢房，仙人们闲居在这幽静的馆舍中，像偓佺一类的仙人，都聚在南檐下晒太阳。甘美的泉水从室中涌出来，流逝不息，穿过中庭。沿着水流的高下，用大石块砌成整整齐齐的渠岸，在低处渠岸就显得倾侧深曲，到高处又显得高危峻险。那些山石都奇形怪状，仿佛人工雕琢一般。苑中到处是珍珠、碧玉、珊瑚，还有很大的玉一般的美石，它们的花纹都像鱼鳞般细密。此外还有色泽斑驳不纯的赤色玉，夹杂在崖石中间，而晁采、宛琰两种美玉，以及著名的和氏璧也都在这儿出现。

"那儿一到夏季卢柑就熟了，黄柑、橙子、小橘、枇杷、酸枣、柿子、海棠、花红、厚朴、楟枣、杨梅、樱桃、葡萄、常棣、郁李、答遝、荔枝等果树，遍布于后宫和北园。它们还沿着丘陵，一直延展到平原。绿叶和小枝条随风摇曳，到处是盛开的红花，一串串地悬挂下来，鲜艳明亮的花儿，映照着广阔的原野。沙果树、栎树、楮树、桦树、枫树、银杏、黄栌、刘代、椰树、槟榔、棕榈、檰檀、木兰、豫樟、女贞等树木都高耸千仞，得几个人才能合抱过来。树木的花朵和枝条都生长得舒展，果实和叶子也长得硕大、茂盛。树木有的林立在一起，有的丛簇地相依，树枝都卷曲交叉，盘根错结。树干高大挺拔，枝条伸向四方，落花四处飘扬。树冠是那样大，那样繁密，疾风吹来，枝条都随风摇曳，发出凄清的声音，有的像钟磬之声，有的像管籥之音。参差不齐的树木，都环绕着后宫生长，重重叠叠，长满了山冈、溪谷，沿着山坡，一直伸展到低洼的地方，放眼望去，无边无际。

"那儿有黑猿、白猿、蜼、母猴、蛫鼠、蛭、蜩、猕猴、獑胡、縠、蜼，它们在这儿生长、活动，有时长鸣一声，其音凄凉哀婉；有时灵敏地在树枝上跳来跳去；有时蹲在树枝上；有时挂在树梢。它们跳过无桥的溪水，跃过一片奇异的树林，一会儿抓住下垂的枝条；一会儿跳向枝条稀疏的空处。有时零零星星、三三两两，有时又凑在一起到处奔走。

"像上面所说的景色，在苑中有数百上千处。倘若在苑中游览，到处都有离宫别馆供歇宿，到处都有厨师、嫔妃宫女、百官供使唤，这些侍奉的人也不用跟着迁徙。

"于是到了深秋初冬季节，天子到这儿射猎。君王乘着用六马拉着的车，车辂是用象牙镶镂的，镳勒也是用玉装饰的，高高的蜺旗随风飘扬，画着虎豹的大旗斜指前方，前面有装饰着虎皮的车开道，它的后面就是道车和游车。天子的车上，由太仆公孙贺驾车，大将军卫青当车右，侍卫队伍紧跟着天子从小路奔向猎场，大伙儿都出没在围猎圈中。戒备森严的仪仗队伍中擂起了大鼓，于是就放手让士卒们尽情射猎。以江河为围阵，以泰山作望楼，马跑车驰的响声就像惊雷一样，震天动地。人群都陆续跑散了，各自去追捕自己的猎物。他们一个跟着一个，沿着山陵，顺着川泽，在络绎不绝地向前推进，这个场面就好像云布满天空，雨降到地上。勇士们生擒貔豹，搏击豺狼，空手击杀熊黑，双足踩倒羚羊。他们都戴着髦毛装饰的帽子，穿着有白虎图案的裤子，披着虎豹纹彩的单衣，骑着野马，登上了最高的山峰，又冲下了起伏不平的山坡，经历了峻危险阻，越过了山谷、河流，他们击杀蜚廉，摆弄獬豸，格杀虾蛤，刺杀猛氏，张起绳索捕捉骚褭，拉开大弓射杀大猪。那箭决不是随便射到无关紧要的部位，而一定是射中颈脑等要害之处，箭从不虚发，只要一拉开弓，那猎物就应声倒毙。

"这时候天子就徐徐地前进，四处巡视，观看士卒们忽前忽后地捕捉禽兽，察看将帅指挥队伍的种种势态。然后天子又渐渐地加速前进，疾速地奔向远方，亲自用网捕捉轻疾的飞禽，用马足踩踏飞快奔跑的野兽，用车轮去碾压白鹿，很快地抓住野兔，快得超过赤色的闪电，越过了流光。为了追捕珍奇的动物，一直飞驰到宇宙的边缘。君王拉开良弓，张满白羽箭，射中狒狒，击杀飞遽。君王选好肥大的猎物然后发射，每次发射，都必然射中所指之处。箭刚发，那野兽就像箭靶被射中一样倒毙了。而后，天子就驾着车，举着旌节向上飞腾，乘着狂猋疾风，登上虚无缥缈的天空，与神仙相等同。他们踩着黑鹤，冲乱了昆鸡的阵群，执孔雀、擒鸾鸟、抓骏鹤、击鹥鸟、打凤凰、捉鹓雏、捕焦明，一直追到路的尽头，才转过车头返回来。这时天子缓缓地从空中降落，停留在苑中极北之处。接着又上马一直前往，顺着来时的方向往回走，游历了石关、封峦、鸡鹊三观，还欣赏了露寒观的景色，过了棠梨宫，直到宜春宫才休息。向西还到了宣曲宫，坐着船在牛首池中泛波荡漾。登上了龙台观，休息在细柳观，浏览了将帅们辛勤捕捉的猎物，评比他们的收获，真是战果辉煌啊。光是车轮所碾死的，骑兵踩死的，加上步卒、侍从们踩死的，和走投无路极其疲惫而倒毙的，惊恐而跑不脱趴下的，没有受到任何伤害而死掉的禽兽，已经是纵横满地，布满了山谷、原野和沼泽。

　　"于是大家都放松下来开始玩乐，在昊天台上摆下酒宴，宽大的厅堂里设下了乐队，立起了万石的钟架，撞起了千石巨钟，挂起了翠羽装饰的旌旗，树起了鼍皮蒙的响鼓，奏起了唐尧时的舞曲，倾听葛天氏之歌。千人合唱，万人齐和，歌声震动了山陵，川谷也为之颠簸。宴会上跳起了巴渝的舞，唱起了宋蔡的歌，奏起了淮南调、干遮曲和文成、滇池一带的民歌，各种乐器时而合奏，时而交替演奏，锣鼓锵锵、鼓声咚咚，此起彼伏，响彻心扉，震耳欲聋。这时又奏起了轻盈缠绵的荆、吴、郑、卫的民间音乐，庄重典雅的《韶》《濩》《武》《象》等宫廷舞曲。伴着靡靡放纵的曲调，跳起了色彩浓烈的鄢、郢等地的舞蹈，还唱着《激楚》《结风》等楚地歌曲。此外，宴会上还有表演乐舞谐戏的倡优、矮人，西戎狄鞮的乐人，他们身着艳装，演技动人，足以令人赏心悦目，开怀欢笑。那些出场表演的女子，个个都是像青琴、宓妃一样的美人，与众不同，举世无双，美丽姣好。她们薄施脂粉，两鬓像刻画过一样，体态是那么轻盈，身段是如此苗条，神情又是那样妩媚。她们穿着素色绸衣，衣裙的下摆在迈步中整齐而轻轻地摆动，行步是那样安详，衣服随风婆娑，式样跟外边的人全不一样。她们佩戴着各种香草，香气清美而浓郁。她们张口笑时，都露出了洁白的牙齿，眉毛弯曲细长,当她看你一眼时,那神情十分招人喜爱。她们那漂亮的容貌、动人的神态摄人心魄,使你倾心于她身边。

　　"这时酒正喝到半酣,音乐也正奏到酣畅的时候,天子却突然沉思,好像丧失了什么似的说:'唉! 这也是太奢侈了。我以为听政之余,空闲无事,那就是虚度光阴。因此,我根据大自然的生养规律在苑里射猎,调养性情,以顺应天道。但这样过于奢侈,又担心后世的子孙盲目效法,玩物丧志,沉溺其中而迷不知返,这就不利于保社稷建帝业,把先王开创的基业留传给后代啊。'于是就下令撤销酒宴,停止射猎,并诏示有关的官吏:'凡是能开垦的土地全都改造成良田,以供养百姓。推平苑墙,填平壕沟,让住在郊野的百姓能自由出入放牧采樵。池塘中养满鱼鳖,允许百姓前来捕捉。苑中的宫馆废弃罢用,不再让宫人居住其中。打开粮仓、救济贫苦的百姓,慰问无依无靠的鳏夫、寡妇、孤儿和丧失子女的人。发布有德于民的政令,省简苛刑厉罚,改变陋制,变换车马祭牲的颜色,改革历法,向天下人表示实行新政,建立新的开端。'

　　"于是天子就选择一个好日子,经过斋戒,穿上庄重的朝服,采用法驾的仪仗,高举着旌旗,驾御着饰有鸾铃的骏马,游历在'六艺'这块园地,奔驰在仁义德政之道上;又观《春秋》的微言大义,演奏《狸首》《驺虞》的音乐,作为射礼之节;欣赏帝舜时代留下的以玄鹤和干戚为舞具的古代舞蹈,还载着云罕出巡访求贤俊之士。当听到《伐檀》的歌声时,为士不遇明主而悲伤;当读到乐胥诗句时,又为得贤士而喜乐。要依循古代的礼制来修饰容仪,反复钻研《尚书》以知远古、通政事;学习《易经》以辨天时、知人事、

上林赋

43

明地理。于是再也不去射猎苑中的珍禽异兽。当天子登上明堂，坐在太庙中时，让群臣排好行列，进言政事的得失。这样普天下的百姓都能享受到君王的恩泽。到了这时候，天下的人都欢欢喜喜，就好比居于下风一样遵从君王的教化，随着当时的风气而受到感化。大家都来提倡仁义之道，就会一天比一天更接近仁义，到那时，刑罚都可废弃不用了。这样天子之德比三皇还高，天子之功比五帝还大。像这样的'游猎'，自然是可喜可贺的了。

"倘若整天在野外奔跑，不仅天子辛苦，就是车马也筋疲力尽，士卒的精力都消耗得干干净净，既浪费了府库的财帛，又不能给百姓带来任何恩德。君王只是追求一己之快乐，而没有关心自己的百姓；忘掉了国家的大事，而去贪捕几只雉兔，像这种情况，仁者是绝不会干的。

"从上述情况来看，齐国和楚国的事不是很可悲吗？它们的国土方圆不超过千里，而苑围就占去九百，到处是草木，土地没法开垦，人民也没有吃的。再说以地方这么小，地位这么低的诸侯国来享用只有天子才能享用的奢侈华丽，我怕老百姓要跟着他们遭罪喔。"

这时候子虚、乌有先生两人脸色都变了，怅然自愧，向后退出了座位，说："小人真是见识浅薄，不知道什么该说，什么不该说，今天才受到您的开导，一定认真地听从您的教诲。"

长门赋

《长门赋》始见于梁太子萧统编辑的《文选》。据《文选》所载赋前的序文介绍：当时陈皇后失宠于汉武帝，于是托人以黄金百斤嘱托司马相如，请他撰文以祈感悟武帝。于是作者写下此赋，以一个宫廷女子为主要人物，描写了她失宠后的寂寞和哀伤。赋中以黄昏、夜半的月光、白鹤的哀叫渲染她的痛苦心情，又以宫殿的壮丽、景物的珍美、鸟兽的成双结对来反衬她的孤独感。她时时伫立在院中，看月亮、星星，夜不能寐，在孤寂中还怀着再蒙君恩的梦想。从本文的历史意义来看，它已经超出了陈皇后个人的荣辱恩宠，反映了封建时代宫廷妇女的共同命运。在艺术上，它一反汉大赋堆砌夸饰的风格，而以浓郁的抒情格调、深刻细致的心理刻画，在赋文学领域中开出一朵鲜艳的新花。

夫何一佳人兮①，**步逍遥以自虞**②。**魂逾佚而不反兮**③，**形枯槁而独居**。**言我朝往而暮来兮，饮食乐而忘人**。**心慊移而不省故兮**④，**交得意而相亲**⑤。

伊予志之慢愚兮⑥，怀贞悫之欢心⑦。愿赐问而自进兮⑧，得尚君之玉音⑨。奉虚言而望诚兮⑩，期城南之离宫⑪。修薄具而自设兮⑫，君曾不肯乎幸临⑬。廓独潜而专精兮⑭，天漂漂而疾风⑮。登兰台而遥望兮⑯，神恍恍而外淫⑰。浮云郁而四塞兮⑱，天窈窈而昼阴⑲。雷殷殷而响起兮⑳，声象君之车音。飘风回而起闺兮㉑，举帷幄之襜襜㉒。桂树交而相纷兮，芳酷烈之闿闿㉓。孔雀集而相存兮㉔，玄猿啸而长吟。翡翠胁翼而来萃兮㉕，鸾凤翔而北南。

心凭噫而不舒兮㉖，邪气壮而攻中㉗。下兰台而周览兮，步从容于深宫。正殿块以造天兮㉘，郁并起而穹崇㉙。间徙倚于东厢兮㉚，观夫靡靡而无穷㉛。挤玉户以撼金铺兮㉜，声噌吰而似钟音㉝。

刻木兰以为榱兮㉞，饰文杏以为梁㉟。罗丰茸之游树兮㊱，离楼梧而相撑㊲。施瑰木之欂栌兮㊳，委参差以槺梁㊴。时仿佛以物类兮，象积石之将将㊵。五色炫以相曜兮㊶，烂耀耀而成光。緻错石之瓴甓兮㊷，象玳瑁之文章㊸。张罗绮之幔帷兮，垂楚组之连纲㊹。

抚柱楣以从容兮㊺，览曲台之央央㊻。白鹤嗷以哀号兮^㊼，孤雌峙于枯杨。 日黄昏而望绝兮，怅独托于空堂。 悬明月以自照兮，徂清夜于洞房^㊽。援雅琴以变调兮^㊾，奏愁思之不可长。 案流徵以却转兮^㊿，声幼妙而复扬^㊿。 贯历览其中操兮^㊿，意慷慨而自卬^㊿。 左右悲而垂泪兮，涕流离而从横^㊿。 舒息悒而增欷兮^㊿，蹝履起而彷徨^㊿。 揄长袂以自翳兮^㊿，数昔日之愆殃^㊿。 无面目之可显兮，遂颓思而就床^㊿。 抟芬若以为枕兮^㊿，席荃兰而茝香^㊿。

忽寝寐而梦想兮，魄若君之在旁。 惕寤觉而无见兮^㊿，魂迋迋若有亡^㊿。 众鸡鸣而愁予兮，起视月之精光。 观众星之行列兮，毕昴出于东方^㊿。望中庭之蔼蔼兮^㊿，若季秋之降霜。 夜曼曼其若岁兮^㊿，怀郁郁其不可再更^㊿。 澹偃蹇而待曙兮^㊿，荒亭亭而复明^㊿。 妾人窃自悲兮^㊿，究年岁而不敢忘^㊿。

---

①夫何：发语辞，含有感叹之意。佳：美。 ②逍遥：犹言徘徊，往来漫步的样子。虞：度，思忖。 ③逾佚：飞散，飞扬。 ④慊(qiàn)：绝。省：察，顾念。 ⑤得意：称心如意的人，指新宠。 ⑥伊：发语辞。慢愚：迟钝，愚蠢。 ⑦愨(què)：谨诚质实。 ⑧赐问：问。赐

为敬词，用于上对下。　⑨尚：奉。　⑩望诚：希望成为真实。
⑪城南之离宫：即长门宫，在城南。　⑫修：治，预备。薄具：简单的
饭菜。　⑬幸临：封建时代称皇帝亲临。　⑭廓：忧悼在心的样子。
独潜、专精：形容独自哀思。　⑮漂漂：形容风疾速。　⑯兰台：华
美的台榭。　⑰恍（huǎng）恍：失意，不安。外淫：外游，形容神不守
舍。　⑱郁：聚积。四塞：乌云密布的样子。　⑲窈窈：深远。
⑳殷（yǐn）殷：象声词，形容雷声。　㉑飘风：暴风，亦可指旋风。闺：
中门。　㉒襜（chān）襜：摇动的样子。　㉓闉（yín）闉：香气浓烈。
㉔相存：互相慰问，照顾。　㉕翡翠：鸟名。萃：集。　㉖凭噫：气
满。　㉗邪气：指外感风寒。攻中：袭其体内。　㉘块：孤单独立。
造：到达。　㉙郁：壮大。穹（qióng）崇：高大。　㉚徙倚：站立。
㉛靡靡：琐细而美好。　㉜挤：推开。金铺：金属的门环。　㉝噌吰
（chēng hóng）：钟声。　㉞榱（cuī）：屋椽。　㉟文杏：树名。　㊱丰
茸（róng）：繁密。游树：屋上的浮柱。　㊲离楼：犹言玲珑，众柱交
错的样子。梧：交叉。　㊳瑰木：瑰奇之木。欂栌（bó lú）：柱上短
木，即斗栱。　㊴委：积。楝梁：形容空洞的情状。　㊵积石：山名，
古人认为黄河发源处。将（qiāng）将：形容高峻。　㊶炫：光亮。曜：
照。　㊷缴：细密。错石：交错拼成花纹的石块。瓴甓（líng pì）：铺
地的砖。　㊸文章：花纹。　㊹楚组：楚地出产的丝带。连纲：总的
绶带。　㊺楣：门上的横梁。　㊻曲台：台榭名，在未央宫的东面。
央央：宽广。　㊼噭（jiào）：哀鸣声。　㊽徂（cú）：消逝。　㊾援：
引，取。雅琴：琴名。一说，贞正的琴曲。　㊿案：通"按"，依照。徵
（zhǐ）：我国五声音阶中的第四音。音较高，多用于表达哀伤的情绪。
流徵：流利的徵音。　(51)幼妙：轻细悠扬。　(52)贯：贯穿。操：情操。

(53)卬(áng):激动。 (54)涕:泪。流离:淋漓。 (55)舒:吐。息:叹息。悒:忧郁不安。欷(xī):哽咽声。 (56)蹝(xǐ)履:趿着鞋子。 (57)揄(yú):扬起。袂(mèi):袖。翳(yì):遮蔽。 (58)愆(qiān):过失。殃:咎,罪过。 (59)颓思:暗然丧神。 (60)抟(tuán):揉。若:杜若,香草名。 (61)荃(quán):即荪,香草名。茝(chǎi):香草名。 (62)惕:惊慌。 (63)迋(guàng)迋:恐惧的样子。 (64)毕昴:二星名。据《淮南子》说,毕昴二星出现在东方时,就是五六月份。 (65)中庭:庭院中。蔼蔼:形容月光微弱。 (66)曼曼:漫长。 (67)郁郁:郁结,不舒畅。 (68)澹:动,摇。偃蹇:伫立的样子。 (69)荒:欲明。亭亭:远处。一说将至。 (70)妾人:妇女自称之辞。 (71)究:穷尽。

翻译

有一位美丽的女子啊,漫步徘徊而独自思叹不已。魂魄飞扬而神不守舍啊,形体枯瘦而独自幽居。君王您曾许诺早去晚归啊,谁知饮食快乐而把我忘却。恩爱断绝而不念旧人啊,结交如意新人而另有所亲。

我的思虑虽迟钝愚笨啊,却怀着忠贞诚朴的炽热之爱心。希望皇上问起而能进见啊,能聆听到您的声音。奉着空话却希望成真啊,期待在城南的长门宫。稍备点饮食并亲自摆好啊,皇上您却不肯驾临。忧伤独处而专心沉思啊,天上迅疾地刮起劲风。登上兰台而向远瞭望啊,思绪怅惘而飘向远方。浮云密集而布满四周啊,天空幽远而日色昏暗。雷声殷殷响起啊,像是皇上车驾之声。暴风回旋而刮进屋内啊,吹起帷幕而摇动飘扬。桂枝相交而彼此纠结啊，香气浓郁而四溢。孔雀相聚而彼此温存啊，黑猿吼叫而长声悲呼。翡翠收拢翅膀而来栖集啊，鸾凤也飞翔在这上空的北南。

心中气闷而不舒畅啊，邪气汇聚而侵袭体内。走下兰台而四处观览啊，从容漫步在深宫。大殿独立而高耸入天啊，旁殿并起而宏伟崔巍。在东厢房站立顷刻啊，观赏精美的景物而没有穷尽。推开玉门而摇动铜门环啊，声音响亮有如钟声。

雕刻木兰做屋椽啊，绘饰文杏做大梁。排列无数的浮柱啊，相交错而支撑。珍奇的木料做斗拱啊，参差错落而疏朗玲珑。似乎什么跟它相像啊，好像积石山一般高峻。五彩明亮而相互照耀啊，灿烂辉煌而一片光芒。累砌石块成密致的地砖啊，其花纹就像玟瑰的色彩。张挂起罗绮的帷幕啊，系垂着楚地丝带的总绳。

抚着柱子门框缓行啊，看那曲台殿十分宽广。白鹤嗷嗷而哀鸣啊，孤雌栖息在枯杨上。时近黄昏而希望断绝啊，满怀惆怅而独立空堂。高悬的明月空自独照啊，这凄清的夜晚消磨在幽深的房内。把雅正的琴曲改为变调啊，想抒发愁思却不能持久。按流利的徵音而转变啊，琴声幽微而又悠扬。贯串琴曲而体会其情操啊，内心感慨而激昂。左右的人悲伤而掉泪啊，泪水纵横地流下。叹气忧郁而越加哽咽啊，拖着鞋起来而徘徊不定。扬起长袖蒙住自个儿脸啊，暗暗责备着自己以往的过失，没有脸面可以显露啊，只好无精打采去上床。揉好芬香的杜若作枕头啊，又把荃兰和茝铺作席褥。

刚睡下就进入梦境啊，魂魄好像在皇上身边。突然惊醒而无所见啊,神思恐惧像丢了什么。群鸡啼叫使我忧伤啊,起身仰视月儿的亮光。观看群星的行列啊,毕宿和昴宿已出现在东方。望着庭中黯淡的微光啊,像深秋降下的白霜。夜漫长好比过年啊,心中郁闷再也不能忍受。激动地站着等待曙光啊,远处透光而将要大亮了。我仍暗自悲哀啊,即使长年累月也不敢忘记君王。

喻巴蜀檄

汉代,在四川西部、南部和云南、贵州一带居住着一些少数民族,他们总称为西南夷。这些民族经济发展不平衡,部分定居,主要从事农业;部分从事游牧;部分半农半游牧。然而他们与巴蜀都有商业上的来往。西汉初,由于中央政权把注意力集中于国内和北部边境,因此和西南地区的联系暂时出现了空白。建元六年(前136年),番阳令唐蒙建议开通夜郎道,被任为中郎将,奉命开拓夜郎等地。

据史书记载,当时唐蒙率领了巴蜀的吏卒千人,并征发了万余人转运辎重。他这样大规模地动用人力、财力,势必在百姓中引起一些不满和骚动,而唐蒙也为此诛杀了为首者,这样做的结果更使得人心浮动。在这种情势下,汉武帝指令司马相如出使巴蜀,并写出这篇檄文。文中一方面说明唐蒙过度使用民力的做法有违朝廷的旨意,另一方面又指出为开通西南而供奉财力是臣子应尽的职责。全文简洁地分析了官与民双方的过失,并阐明了道理,这对安定民心起了良好的作用。

告巴蜀太守①:蛮夷自擅②,不讨之日久矣③,

时侵犯边境,劳士大夫。陛下即位,存抚天下^④,集安中国^⑤,然后兴师出兵,北征匈奴^⑥,单于怖骇^⑦,交臂受事^⑧,屈膝请和。康居西域^⑨,重译纳贡^⑩,稽颡来享^⑪。移师东指^⑫,闽越相诛^⑬;右吊番禺^⑭,太子入朝^⑮。南夷之君^⑯,西僰之长^⑰,常效贡职^⑱,不敢惰怠,延颈举踵^⑲,喁喁然^⑳皆乡风慕义^㉑,欲为臣妾^㉒,道里辽远,山川阻深,不能自致。

夫不顺者已诛,而为善者未赏,故遣中郎将往宾之^㉓,发巴蜀之士各五百人以奉币帛^㉔,卫使者不然^㉕,靡有兵革之事,战斗之患。今闻其乃发军兴制^㉖,惊惧子弟,忧患长老,郡又擅为转粟运输,皆非陛下之意也。当行者或亡逃自贼杀^㉗,亦非人臣之节也^㉘。

夫边郡之士,闻烽举燧燔^㉙,皆摄弓而驰^㉚,荷兵而走^㉛,流汗相属^㉜,惟恐居后。触白刃,冒流矢,议不反顾,计不旋踵^㉝,人怀怒心,如报私仇。彼岂乐死恶生,非编列之民^㉞,而与巴蜀异主哉?计深虑远,急国家之难,而乐尽人臣之道也。故有剖符之封^㉟,析珪而爵^㊱,位为通侯^㊲,居列东第^㊳。终则遗显号于后世,传土地于子孙,行事甚忠敬，居位甚安逸㊴，名声施于无穷，功烈著而不灭。是以贤人君子，肝脑涂中原㊵，膏液润野草而不辞也㊶。

今奉币役至南夷，即自贼杀，或亡逃抵诛，身死无名，谥为至愚㊷，耻及父母，为天下笑，人之度量相越㊸，岂不远哉？然此非独行者之罪也，父兄之教不先，子弟之率不谨㊹；寡廉鲜耻，而俗不长厚也。其被刑戮，不亦宜乎？

陛下患使者有司之若彼㊺，悼不肖愚民之如此㊻，故遣信使，晓谕百姓以发卒之事㊼，因数之以不忠死亡之罪㊽。让三老孝弟以不教诲之过㊾。方今田时㊿，重烦百姓㉑，已亲见近县㉒，恐远所溪谷山泽之民不遍闻，檄到，亟下县道㉓，使咸喻陛下之意，无忽㉔。

---

①巴蜀：巴郡和蜀郡。太守：郡最高行政长官。　②蛮夷：我国古代对少数民族的蔑称。擅（shàn）：专断，自作主张。　③讨：征伐。
④存抚：存恤抚慰。　⑤集安：犹言团结安定。中国：指汉族聚居的地区，与蛮夷相对。　⑥匈奴：古族名。汉初活动于大漠南北，不断骚扰汉北部边境。　⑦单（chán）于：匈奴最高首领的称号。　⑧交臂：两臂相交，犹拱手。受事：接受职事，表示接受管辖。　⑨康居：

古西域国名。其位置在今巴尔喀什湖和咸海之间。西域:汉时对玉门关以西地区的总称。 ⑩重译:辗转翻译。 ⑪稽颡(sǎng):古时一种跪拜礼,叩头触地。颡:额。享:进献。 ⑫"移师"句:指建元六年(前136年),闽越王郢攻南越,汉王朝派王恢、韩安国出兵进击。 ⑬闽越:西汉初属国名,位于今福建北部。相诛:指闽越王弟余善诛杀王郢。诛:杀戮。 ⑭吊:恤。番禺(pān yú):地名,南越的都治,借指南越。 ⑮"太子"句:指南越王太子婴齐至汉朝廷担任宿卫。古代属国子弟入朝宿卫则表示归顺和质押。 ⑯南夷:泛指巴蜀以南境域的少数民族。 ⑰僰(bó):古族名,居于今川南及滇东一带。 ⑱效:献。贡职:即职贡,进献君王的贡品。职:也指贡品。 ⑲延颈举踵:伸长脖子,抬起脚跟,形容向慕的情状。 ⑳喁(yóng)喁:众人向慕状。 ㉑乡风慕义:即向慕教化。 ㉒臣妾:指臣子,部属。 ㉓中郎将:汉官名,此指中郎将唐蒙。宾:敬,导。 ㉔币帛:泛指用作礼物的丝织品和玉石、皮革等。 ㉕不然:指不测之变。 ㉖发军:发三军之众。兴制:启用军法。 ㉗贼:伤残。 ㉘节:节操,品德。 ㉙烽举燧燔:古代边境有敌情,则举火燔烟报警。白天烧烟,称燧;夜间燃火,称烽。燔(fán):焚烧。 ㉚摄(shè)弓:持弓作射击准备。 ㉛荷:扛。走:奔跑。 ㉜属:至。 ㉝旋踵:旋转脚跟,后退。 ㉞编列:编组而列入户籍。 ㉟剖符:古代帝王分封诸侯或功臣,把符节剖分为二,双方各执其半,作为信守的约证。 ㊱析珪:古代帝王封诸侯,按爵位高低,分颁珪玉。珪(guī):玉器。 ㊲通侯:秦汉爵位名,爵位中的最高等级。 ㊳东第:指王公贵族的豪华住宅,因位于王宫的东部,故名。 ㊴逸:乐。 ㊵"肝脑"句:表示竭尽忠诚,任何牺牲均在所不惜。 ㊶"膏液"句:

喻巴蜀檄

义同"肝脑"句。膏液:指人之脂血。　㊷谥(shì):称,号。　㊸度量:考虑。相越:犹互相间的距离。　㊹率:遵循。　㊺有司:指官吏,因其各有专司,故名。　㊻不肖:不贤。　㊼谕:上告下称谕。㊽因:继。数:责备。　㊾让:责备。三老:古时掌教化的官,选年过五十而有修行的人充任,西汉时有乡三老、县三老。孝弟:汉官名,和三老同为郡县中掌教化的乡官。　㊿田时:耕作季节。　51重(zhòng):难。　52"已亲见"句:近郡治所的县,使者已经自己看到并口谕之。　53亟(jí):急。道:汉代在少数民族聚居区设置的县称道。　54忽:忽略,忽视。

翻译

　　告巴蜀太守:蛮夷专断独行,已经很久没有对他们加以征伐了,而他们却时常侵犯边境,使我士卒、官员疲于战争。皇上登位以来,慰存抚恤天下,团结安定中原地区,然后动用军队,在北方征讨匈奴,单于感到恐惧惊慌,拱手接受管辖,屈膝求和。康居等西域诸国,经过辗转传话而请求朝见,跪下叩头,前来进贡。随后把兵锋指向东,迫使闽越王弟兄互相残杀。进而往西抚慰南越,南越王遣太子入朝侍奉。南夷各族首领,西僰族的酋长经常献纳贡物,不敢懈惰怠慢。他们伸着脖子,踮起脚跟,一副向往的神态,都争着向慕我教化德义,愿意归顺为臣属,然而由于道路遥远,山路险阻,河流深广,未能亲自前来。

　　目前不顺服的已经征伐,而有善德的却没有赏赐,所以派遣中郎将前往向他们致以慰问、引导,征发巴郡与蜀郡的士卒各五百人,是为了护送礼物,保护使者以备不测,并非是有战事。现在听说他们征发三军之众,起用军法,使年轻一辈惊惶恐惧,使年长者忧虑,郡府又擅自要百姓转运粮食,这些都不是皇上的本意。然而那些应当去服役的人,有的逃跑,甚至自加伤残,这也不是臣民所应具的品德。

那些边境地区的士卒,一听到烽烟报警,都拿起弓驱马前往,扛着兵器奔跑而来,一个个流着汗来到,只怕掉在后面。他们顶着利刃,冒着乱箭,勇往直前,从不考虑后退,个个满腔愤怒,仿佛是在为自己报仇。他们难道是喜欢死而厌恶生,难道不是国家户籍册上的百姓,而和巴蜀之民隶属于不同的君王吗?他们考虑得深远,把国家的危难放在前面,而乐于去尽臣民的责任。所以能得到君王剖析符节给以封赏,分颁玉珪而授予爵位,能位列通侯,居住在豪华的宅第中。不仅如此,他们百年之后尚能在后世留下显赫的名号,给子孙传下土地。正因为生前行事十分忠诚敬谨,所以处于其位就十分安乐,名望声誉流传到遥远的地方,丰功伟绩也显著而不朽。因此贤人君子虽肝脑涂地、血沃草泽却决不推辞。

今天调派巴蜀百姓护送使者和礼物前往南夷,有人就自加伤残,或者因逃亡获罪而至于杀戮,人死而无好名声,可以说是最为愚蠢了。这种耻辱还要累及父母,被天下人讥笑。可见人的器量、胸怀的大小,相差得也太远了!然而这些并非只是做出此类事的人的过失,也是父兄辈事先不给予教诲,年青人又不谨慎地遵循教导,缺少廉耻之心,风俗习气也不淳厚所造成的,因此他们被刑罚遭杀戮,不亦是合情合理吗?

　　皇上一方面忧虑使者及官吏如上述那样违旨行事,一方面又痛心不贤的愚民如此不明义理,所以派遣诚信的使者明白地告诉百姓征发士卒一事的真相,同时又责备他们不忠而死亡的罪过,责备三老、孝弟不给予教诲的过失。目前正值耕作季节,不愿过多烦扰百姓,去把他们召聚在一起,所以巴蜀郡治附近县的百姓,使者已亲自向他们告知一切。恐怕远处山谷、深泽的百姓不能都听到,因此,凡檄文到达后,应迅速传达到县、道各处,使所有的人都明白皇上的意思。不得轻忽懈怠!

难蜀父老

汉武帝初期,唐蒙奉命开拓四川南部夜郎等少数民族地区,置犍为郡。随后四川西部少数民族也有归附汉朝以谋取经济利益的愿望,而司马相如也向武帝陈述四川西部地区可以置郡县,于是武帝派他为使前往开拓。

在开发四川以南和以西少数民族地区的过程中,曾征发了巴、蜀、汉中、广汉四郡数万的人力和财力开凿道路,经过几年的努力,死伤甚众,仍未能开通,而少数民族又时有反抗,汉王朝动用武力,又往往耗费无功。于是在巴蜀地区的一部分年长而有声望的人中,就有了开发川西、川南地区无益的议论,朝廷中一部分大臣也附和。针对这些情况,司马相如就写下本文,假蜀父老以提出反对派的观点和理由,随后以答辩形式正面阐述开拓新疆域是帝王创基立业的非常之事,而且创业时忧勤而终获佚乐,这乃是普遍规律,从而为他开拓大西南奠定了坚实的理论基础,扫清了舆论上的障碍。

汉兴七十有八载,德茂存乎六世①,威武纷纭②,湛恩汪濊③,群生沾濡④,洋溢乎方外⑤。于是乃命使西征,随流而攘⑥,风之所被⑦,罔不披

靡⑧。因朝冉从駹⑨，定筰存邛⑩，略斯榆⑪，举苞蒲⑫，结轨还辕⑬，东乡将报⑭，至于蜀都。

耆老大夫缙绅先生之徒二十有七人⑮，俨然造焉⑯。辞毕，进曰⑰："盖闻天子之牧夷狄也⑱，其义羁縻勿绝而已⑲。今罢三郡之士⑳，通夜郎之涂㉑，三年于兹，而功不竟㉒，士卒劳倦，万民不赡㉓。今又接之以西夷㉔，百姓力屈㉕，恐不能卒业㉖，此亦使者之累也㉗，窃为左右患之㉘。且夫邛、筰、西夷之与中国并也，历年兹多㉙，不可记已。仁者不以德来，强者不以力并，意者其殆不可乎㉚。今割齐民以附夷狄㉛，敝所恃以事无用㉜，鄙人固陋，不识所谓。"

使者曰："乌谓此乎㉝？必若所云，则是蜀不变服而巴不化俗也。仆尚恶闻若说㉞。然斯事体大㉟，固非观者之所覼也㊱。余之行急，其详不可得闻已。请为大夫粗陈其略㊲：

"盖世必有非常之人㊳，然后有非常之事；有非常之事，然后有非常之功。夫非常者，固常人之所异也。故曰非常之元㊴，黎民惧焉㊵；及臻厥成㊶，天下晏如也㊷。

"昔者，洪水沸出㊸，泛滥衍溢㊹，民人升降移徙⁴⁵，崎岖而不安⁴⁶。夏后氏戚之⁴⁷，乃堙洪塞原⁴⁸，决江疏河⁴⁹，洒沉澹灾⁵⁰，东归之于海，而天下永宁。当斯之勤⁵¹，岂惟民哉？心烦于虑，而身亲其劳，躬胝胝无胈⁵²，肤不生毛，故休烈显乎无穷⁵³，声称浃乎于兹⁵⁴。

"且夫贤君之践位也⁵⁵，岂特委琐喔龊⁵⁶，拘文牵俗，循诵习传⁵⁷，当世取说云尔哉⁵⁸！必将崇论吰议⁵⁹，创业垂统，为万世规。故驰骛乎兼容并包⁶⁰，而勤思乎参天贰地⁶¹。且《诗》不云乎？'普天之下，莫非王土；率土之滨⁶²，莫非王臣。'是以六合之内⁶³，八方之外，浸淫衍溢⁶⁴，怀生之物有不浸润于泽者，贤君耻之。

"今封疆之内⁶⁵，冠带之伦⁶⁶，咸获嘉祉⁶⁷，靡有阙遗矣⁶⁸。而夷狄殊俗之国，辽绝异党之域⁶⁹，舟车不通，人迹罕至，政教未加，流风犹微，内之则时犯义侵礼于边境⁷⁰，外之则邪行横作⁷¹，放杀其上⁷²，君臣易位，尊卑失序，父兄不辜⁷³，幼孤为奴虏，系缧号泣⁷⁴。内乡而怨，曰：'盖闻中国有至仁焉，德洋恩普⁷⁵，物靡不得其所⁷⁶，今独曷为遗己！'举踵思慕，若枯旱之望雨，戾夫为之垂涕⁷⁷，况乎上圣，又焉能已？

"故北出师以讨强胡，南驰使以诮劲越㉙。四面风德㉚，二方之君鳞集仰流㉛，愿得受号者以亿计㉜。故乃关沫、若㉝，徼牂牁㉞、镂灵山㉟、梁孙原㊱。创道德之涂，垂仁义之统㊲，将博恩广施，远抚长驾㊳，使疏逖不闭㊴，曶爽暗昧得耀乎光明㊵，以偃甲兵于此㊶，而息讨伐于彼。遐迩一体㊷，中外禔福㊸，不亦康乎㊹？夫拯民于沈溺㊺，奉至尊之休德㊻，反衰世之陵夷㊼，继周氏之绝业㊽，天子之亟务也。百姓虽劳，又恶可以已乎哉㊾？

"且夫王者固未有不始于忧勤，而终于逸乐者也。然则受命之符⑩，合在于此。方将增太山之封⑪，加梁父之事⑫，鸣和鸾⑬，扬乐颂，上减五，下登三⑭。观者未睹旨，听者未闻音，犹鹪鹏已翔乎寥廓⑮，而罗者犹视乎薮泽⑯，悲夫！"

于是诸大夫茫然⑰，丧其所怀来⑱，失厥所以进⑲，喟然并称曰⑳："允哉汉德⑪，此鄙人之所愿闻也。百姓虽劳，请以身先之！"敞罔靡徙⑫，迁延而辞避⑬。

①茂:美盛。六世:指高祖、惠帝、高后、孝文、孝景、孝武六朝。

②纷纭:形容盛多。　③湛(zhàn):深。汪濊(huì):深广。　④沾濡
(rú):滋润,喻受惠。　⑤洋溢:充满,广泛传播。方外:指中原以外
地区。　⑥攘(rǎng):却退,排斥。　⑦被:及。　⑧披靡:草木随风
而倒,亦谓人匍匐状。　⑨冄(rǎn):古族名,居于今四川茂汶。駹
(mǎng):古族名,亦居于今四川茂汶。　⑩筰(zuó):古族名,分布在
今四川汉源东北。邛(qióng):古族名,分布在今四川西昌地区。
⑪略:攻取。斯榆:汉时西南地区部落名,位于今四川西昌地区。
⑫举:攻克。苞蒲:汉时西南少数民族名。　⑬结轨:车马往返致使
轨迹交错,故称车驾返回为结轨。　⑭乡:向。　⑮耆(qí)老:老人,
特指年高德重者。大夫:汉官名、爵位名,泛指官吏。缙(jìn)绅:代
指官吏。缙:插。绅:古代士大夫束在衣外的大带。徒:同类的人。
⑯俨(yǎn)然:形容庄严。造:至。　⑰进:献。指提出意见。
⑱夷狄:夷,指东方少数民族;狄,指北方少数民族。夷狄又泛指四
方少数民族。　⑲羁縻(jī mí):羁,马络头;縻,牛缰绳。借指控制、
束缚。　⑳罢(pí):通"疲"。三郡:巴郡、蜀郡、广汉郡。　㉑夜郎:
古族、国名,位于今贵州西部、北部,并包括云南东北、四川南部及广
西北部部分地区。　㉒竟:完,尽。　㉓赡(shàn):供养充足,丰富。
㉔西夷:指巴蜀以西的少数民族。　㉕屈(jué):竭,穷尽。　㉖卒
业:完成功业。　㉗累:拖累。　㉘左右:指对方。不直称其人,仅
称他的左右,以示尊敬。　㉙兹(zī):通"滋",益,更加。　㉚意者:
抑或,料想。殆(dài):大概,恐怕。　㉛割:犹言取、损害。齐民:平

民。附：增益。 ㉜敝(bì)：疲困，作使动用法，使……疲困。所恃：所依靠的，指中原百姓。无用：指四方少数民族。 ㉝乌：何，怎么。 ㉞尚：犹。若：如此。 ㉟体：指事物的本体、全貌。 ㊱觏(gòu)：见。 ㊲粗：粗略。略：概要。 ㊳盖：发语词。 ㊴元：始。 ㊵黎民：众民。 ㊶臻(zhēn)：至，达。 ㊷晏(yàn)：平静，安静。 ㊸沸(fèi)：形容水涌起。 ㊹衍溢：满布，泛滥。 ㊺"民人"句：谓百姓遭洪水时沿高坡跋涉迁移。 ㊻崎岖：地面高低不平，亦喻处境困难。 ㊼夏后氏：指禹。戚(qī)：忧愁。 ㊽堙(yīn)：堵塞。原：通"源"。 ㊾决：开通水道，导引水流。 ㊿洒沈澹灾：疏通洪水，安定灾情。洒(xǐ)：分散，疏通。澹(dàn)：通"儋"，安。 �51勤：劳，出力。 52躬：身体。腠(còu)：皮肤。胝(zhī)：手足的硬皮和老茧。胈(bá)：人体腿脚上的细毛。 53休烈：盛美的事业。 54声称：声誉称扬。浃(jiá)：周遍。 55践位：即位，多指帝王登上皇位。 56特：只是，仅。委琐：细碎，拘于小节。喔龊(chuò)：器量狭窄。 57循诵：人云亦云。习传：习惯于传闻。 58说：通"悦"。云尔哉：语末助词，犹言如此而已。 59崇论吰(hóng)议：高深博大的学说、言论。吰：通"宏"。 60驰骛：奔走趋赴。兼容并包：容纳包括各个方面或各种事物。 61参天贰地，指人的德可与天地相比。 62率土之滨：犹言四海之内。率：循。 63六合：指天地四方。 64浸淫：积渐而扩及，渐进。 65封疆：疆界。 66冠带：官吏或士大夫的代称。 67祉(zhǐ)：福。 68阙(quē)：空缺。 69辽绝：遥远。 70流风：犹言遗风，指前代流传下来的良好风俗习惯。 71内：与下句之"外"相对。内：接纳。 72横作：横行，指胡作非为，不遵规矩。 73放：放逐，驱赶。 74不辜：无辜，无罪。 75系缧：捆绑，拘囚。

缧(léi):本指捆犯人的绳索,此用为动词,捆绑。 (76)洋:众多。普:广大。 (77)靡不:无不。 (78)戾:凶狠,暴戾。 (79)诮(qiào):责问。(80)风德:为其德所感化。 (81)二方:指巴蜀以西和以南。鳞集:群集,如游鱼四集,或鳞状密布。仰流:承上而行。 (82)号:爵号。一说为号令。 (83)沫:古水名,即今大渡河。若:水名,即今雅砻江。(84)徼(jiào):边界。牂牁(zāng kē):汉郡名,辖境约当今贵州大部、广西西北部和云南东部。 (85)镂:疏通。灵山:山名,在四川芦山。(86)梁:桥。用作动词。孙原:孙水之源。孙水,即今安宁河,出四川泸沽。一说即古泸水。 (87)统:一脉相承的系统。 (88)驾:驭。喻控御。 (89)逖(tì):远。 (90)曶(hū)爽:本指黎明,也指濒于暗冥的状态。暗昧:昏暗,愚昧。 (91)偃(yǎn):息,止。 (92)遐迩(xiá ěr):远近。 (93)禔(tí):安。 (94)康:乐。 (95)沈溺:沉入于水,喻困境。(96)休:美。 (97)陵夷:衰颓。 (98)周氏:指周文王、武王。绝业:中断的事业。 (99)恶(wū):何,怎么。 (100)受命:受天之命。符:符命,古时以所谓"祥瑞"的征兆附会成君王受天命的凭证。 (101)封:古代帝王登泰山筑坛祭天称封。 (102)"加梁父"句:即在泰山南的梁父山辟场祭地,又叫"禅"。加:施,进行。 (103)和鸾:古代车上的铃铛,挂在车前横木上的称"和",挂在车驾上的称"鸾"。鸣和鸾,指车驾前行。(104)"上减五"二句:言汉之德比五帝更盛,而超越三王。 (105)鹪鹏:鸟名,传说中的五方神鸟。寥廓:指天上宽广空阔处。 (106)罗者:布鸟网的人。罗:鸟网。薮(sǒu):少水的泽地。 (107)茫然:失意的样子,心中若有所失的样子。 (108)所怀:与下句之"所进"均指诸大夫先时进谏的观点。 (109)厥(jué):其。 (110)喟(kuì)然:叹息的样子。并:共同,一起。 (111)允:诚信。 (112)敞罔:失意的样子。靡徙:自抑而退避。 ⑬辞避:辞别而躲避。

翻译

　　汉朝的兴起已有七十八年,它的盛德体现在六代君主身上,它的声威武力强盛,恩泽深广,百姓普遍受惠,甚至施及中原以外的地方。于是就派遣使者西行开拓,使者所到之处,影响所及,都像随流却遇,风吹草低一样,无不匍匐降服。于是使冉、駹归顺入朝,平定并安抚笮和邛,掠取斯榆,攻下苞蒲,随后就返归,将东行向天子禀报,到达蜀都。

　　蜀中有一批年高德重的老人、官吏、乡绅共二十七人,郑重地来拜访使者。寒暄过后,就进谏道:"听说天子对于夷狄,其原则不过是笼络控制而不断绝联系罢了。而今动用三郡的士卒开凿通夜郎的道路,已有三年,而事情还未结束,士卒都已疲劳困倦,百姓也无力负担。现在又接着开拓西夷,百姓之力已耗尽,恐怕不能完成此事,这也会成为使者的负担,我们私下为您感到忧虑。再说邛、笮、西僰等族与我华夏共存,历史年久,已无法记清了。以往仁德之君不能以德惠使他们前来,国势强盛者也不能以武力把他们兼并,现在这样做,恐怕也不可行吧!现在又以损害平民的利益去补助夷狄,让国家所依靠的百姓疲困败落而去开发没有用处的西南夷,我们见少识浅,实在不懂其中的奥妙。"

　　使者说:"怎么可以这样说呢?倘若真像你们所说的那样,那么巴蜀就应仍处在蛮夷状态中而不会改变服饰和风俗了。我尚且厌恶这种说法，何况是那些见识远大的人呢？但是这件事十分重大，自然不像旁观者看到的那样。我的行程十分紧急，其详细的情况你们就不可能听到了，请允许我为你们简略地说个大概。

"世上一定要有不同寻常的人，然后才会有不同寻常的事；有不同寻常的事，然后才会有不同寻常的功绩。非常这个东西，自然是一般人心目中感到奇异特殊的。所以说非常之事的开始阶段，百姓都感到恐惧；然而到它成功时，天下就安定了。

"从前洪水汹涌而出，到处泛滥，人民也沿着坎坷的道路迁徙，处于困难和动荡之中。大禹为此感到忧虑，就堵塞洪水之源，疏导江河，分散洪水，安定灾情，使洪水向东流入大海，而天下永远安宁。当时的辛勤劳苦，难道只是百姓吗？大禹也是心中为忧虑所烦扰，又亲自操劳，手足都长着老茧，脚腿上的细毛掉光了，其余的皮肤也脱了毛。所以他那盛美的事业一直显耀至遥远的地方，声誉和称颂也一直流传到现在。

"再说贤明的君王登位后，难道只是注重于细碎小事、器量狭窄，拘束于苛求小节的旧规陋习和流言俗议，以至于人云亦云，习惯于按传闻而行，以博取当时人的喜悦赞颂吗？君王一定要发表高深博大的见解、议论，开创事业，留下基业，为后世立下典范。所以他要为容纳兼并各种事物和各个方面而奔忙，并努力思索如何使自己成为一个与天地并立的人物。而且《诗经》上不也是这样说：'广阔的天底下，没有一处不是君王的土地；四海之内，又没有人不是君王的臣子。'因此他要使天地之内、八方之外，都能逐渐地沾润，甚至饱沾皇恩，凡是有生命之物而没有受到君恩者，贤明的君主都会感到耻辱。

"现在境内士大夫之流,都获得善福,没有缺漏了。然而夷狄这些习俗不同的国家,遥远的与中国不同的境域,舟车不通,人迹罕至,政令教化未能施及,前代的良好风俗习惯所留下的影响也很微弱。当接纳它,让其朝献时,它就违反礼义、侵犯我边境;当弃绝它时,它就行为不正,胡作非为,放逐杀害自己的君主。君臣之位时常颠倒,尊卑关系失去秩序,父兄无故而获罪,幼弱者和孤儿充作奴隶,被捆缚着叫喊哭泣,都面向中原而发怨言,说:'听说中原之君是最有仁义的,德惠众多而恩泽普施,万物没有不得到妥善的处所,现在为何独独遗忘我们呢!'于是抬起脚跟思念仰慕中原,好像枯旱之田盼望甘雨,这情景连狠心的人都会掉泪,何况是至上的圣君,又怎么能不顾念呢?

"所以出师北方以讨伐强胡,派遣使者急驰南方以责备南越。四方之人都为君王的仁德所感化,南夷西夷二方的首领,怀着敬仰之意群集在一起,希望获得爵号的数以亿计。于是汉王朝以沫水、若水为关,以牂牁为界,疏通灵山的道路,在孙水的源头架起桥梁。在该地区开创通往道德之途,留下了仁义的传统,并将广泛地布施恩泽,对边远的地区既给予安抚,又加以控制,使疏远的地区不被隔断联系,使愚暗蒙昧的地方也得到光明,从而对我方来说结束边界的交战,对他们来说停息内部的诛戮攻伐。于是远近连成一体,无论是中原还是外族,都享受安福,这不是一件喜事吗?把百姓从困境中拯救出来,奉行最崇高的美德,一反衰亡时期的颓废风气,继承早已中断的周文王、武王的事业,这正是天子迫切要完成的事情。百姓虽然疲劳，又怎么可以停顿下来呢？

"再说君王从来都是开始于忧虑劳累，而最终获得安逸快乐的。而且这也与受天之命的征兆相符合。现在正要举行封泰山、禅梁父的大典，正响彻着君车的鸾声，飘扬着赞颂的乐声。汉王朝之德比五帝更盛，也超越了三王。而观者却未能看到个中的道理，听者也没有能领会其中的奥妙，这正好比鹪鹏已飞到辽阔的天空，而张罗网的人两眼还盯着沼泽洼地。可悲啊！"

众大夫听到使者的议论后，都感到茫然，已经失去了先前想要进谏的观点、理由，慨叹着说："汉王朝之德诚如上所述，这正是我们所希望听到的。百姓虽然有些疲敝，请允许我们以身先行。"接着就怀着失意的情绪向后退，辞别之后就离开了。

美人赋

　　《美人赋》之名最早在《西京杂记》中提到,全文则出现在唐人编纂的《古文苑》中。对于《美人赋》的写作背景有几种说法。《西京杂记》说,司马相如患有消渴疾(今称糖尿病),而仍迷恋卓文君的美色不已,引起老病复发,于是作本赋自以为警戒,结果还是改不掉,终于死去。今人则有以为是司马相如早年模仿宋玉《登徒子好色赋》的习作。考察司马相如的经历,可以知道他在出使巴蜀归来之后,曾被人告发任使者期间贪受贿赂,于是被免职,旋又复任为郎。这其中的仕宦沉浮,作为文人,应有他的自辩之辞,否则何能理解他的复起? 这大概就是《美人赋》的创作背景和时间。作者在赋中以色喻财,表达了自己不慕财利的情操。

　　司马相如美丽闲都①,游于梁王②,梁王悦之。邹阳谮之于王曰③:"相如美则美矣,然服色容冶④,妖丽不忠,将欲媚辞取悦,游王后宫,王不察之乎?"

　　王问相如,曰:"子好色乎?"相如曰:"臣不好色也。"王曰:"子不好色,何若孔墨乎?"相如曰:"古之避色,孔墨之徒,闻齐馈女而遐逝⑤,望朝歌而回车⑥。譬于防火水中,避溺山隅⑦,此乃未见其可欲,何以明不好色乎?"

"若臣者,少长西土,鳏处独居⑧。室宇辽廓⑨,莫与为娱。臣之东邻,有一女子,云发丰艳,蛾眉皓齿⑩,颜盛色茂⑪,景曜光起⑫,恒翘翘而西顾⑬,欲留臣而共止⑭。登垣而望臣三年于兹矣,臣弃而不许。

"窃慕大王之高义,命驾东来。途出郑卫,道由桑中⑮,朝发溱洧⑯,暮宿上宫⑰。上宫闲馆,寂寞云虚⑱,门阁昼掩⑲,暧若神居⑳。臣排其户而造其堂㉑,芳香芬烈,黼帐高张㉒。有女独处,婉然在床㉓,奇葩逸丽㉔,淑质艳光。睹臣迁延㉕,微笑而言,曰:'上客何国之公子,所从来无乃远乎㉖?'遂设旨酒㉗,进鸣琴。臣遂抚弦,为《幽兰》《白雪》之曲㉘。女乃歌曰:'独处室兮廓无依㉙,思佳人兮情伤悲,有美人兮来何迟,日既暮兮华色衰㉚,敢托身兮长自私。'玉钗挂臣冠,罗袖拂臣衣。

"时日西夕,玄阴晦冥㉛,流风惨冽㉜,素雪飘零。闲房寂谧^㉝，不闻人声。于是寝具既设，服玩珍奇，金鉔薰香^㉞，黼帐低垂。裀褥重陈，角枕横施。女乃弛其上服^㉟，表其亵衣^㊱，皓体呈露，弱骨丰肌。时来亲臣，柔滑如脂。臣乃气服于内^㊲，心正于怀，信誓旦旦^㊳，秉志不回^㊴，翻然高举^㊵，与彼长辞。"

①闲都：文雅俊美。　②梁王：梁孝王刘武。　③邹阳：西汉人，与司马相如同游于梁王。谮(zèn)：进谗言，说人坏话。　④容冶：姣美。　⑤"闻齐"句：据《论语·微子》载，春秋齐景公为离间鲁君与孔子的关系，赠女乐于鲁哀公，使之荒于政务，孔子因此而离鲁。　⑥"望朝歌"句：墨子看到邑名朝歌就回车返归。朝歌，古都邑名，在今河南淇县。　⑦隅(yú)：角落。　⑧鳏(guān)：丧妻的人，此指独居。　⑨辽廓：宽广。　⑩蛾眉：女子长而美的眉毛。　⑪颜盛色茂：形容女子容貌艳美。　⑫景曜光起：犹言容光焕发。　⑬翘翘：形容伸长脖子。　⑭止：息。　⑮桑中：《诗经·鄘风》中所指的男女约会之处，后泛指男女约会处。　⑯溱洧(zhēn wěi)：二水名。古郑国风俗，每到三月三，男女聚会于此。　⑰上宫：《诗经·鄘风·桑中》所指的男女约会处。　⑱云虚：空荡而云雾缭绕。　⑲阁：女子的闺房。　⑳暧(ài)：昏暗貌。　㉑排：推开。　㉒黼(fǔ)帐：饰花纹的帷帐。　㉓婉然：美好的样子。　㉔葩(pā)：花。喻女子。　㉕迁延：后退。　㉖无乃：莫非，也许。　㉗旨酒：美酒。　㉘《幽

兰《白雪》：琴曲名。　㉙廓：忧愁的样子。　㉚华色：喻女子的美貌。　㉛玄阴、晦冥：皆谓天色阴暗。　㉜惨冽：极寒。　㉝谧(mì)：安宁。　㉞錭(zā)：熏香炉。以机环相扣合成球形，能四周旋转而炉体常平不倾，可置于被衾中。　㉟弛(chí)：解下。　㊱表：露出。亵(xiè)：内衣。　㊲韠(bì)：郁结。　㊳"信誓"句：坚持自己的誓言，态度十分明朗。旦旦：诚恳的样子。　㊴回：曲折，引申为改变。　㊵翻然：飞的样子。

翻译

　　司马相如长得文雅俊美，他游历到梁王这儿，梁王很喜欢他。邹阳在梁王面前说他的坏话："相如美是美，但是服饰华丽，显得妖艳而不纯朴，又想用花言巧语讨好人，出入在您的后宫，您没觉察到这些情况吗？"

　　梁王就问相如，说："你贪恋女色吗？"相如回答说："臣不好女色。"王说："你不好女色的程度，跟孔、墨相比较又怎样呢？"相如说："古人远避女色，就像孔、墨这些人，一听到齐国送来女歌舞乐伎，就远远地离开了，一看到前面的城市叫朝歌，就掉转车头而回去了，这种做法就好比为了防火就待在水中，为了怕淹死就躲到山角落。这是因为他们未见到能引起欲望的事物，这又怎么能表明不好色呢？

　　"像我这个人，年青时生活在西蜀地区，没有成家而一人独住。住房很宽敞，也没有人作伴娱乐。我东边的邻居，有一个姑

美人赋

73

娘,云卷似的浓发,体态也丰满,细长的眉毛,洁白的牙齿,漂亮的容貌,真是光艳动人。她经常翘首西望,想留我跟她一起住下。她在那儿登墙望我已有三年了,但我不答应而没有理睬她。

"我私下仰慕您的高风亮节,于是动身到东方来。沿途通过郑、卫之地,经过桑中,早上从溱水、洧水旁出发,晚上就寄宿在上宫。在上宫遇上一座空房,冷清空荡而云雾缭绕,白天也闭着门,黑黝黝仿佛是神仙居住的地方。我推开门,走到堂上,那儿香气浓烈,黑白相间的斧形花纹的帷帐高高挂起。有一位女子独自在那儿,姿态很美地待在床上。她真像朵奇花而异乎寻常的漂亮,美好的姿质光艳动人。她看到我往后退了一下,微笑着说:'尊贵的客人是哪一国的公子,大概从远道而来吧?'于是就摆下美酒,献上琴请弹奏。我就拨动弦,弹起了《幽兰》《白雪》二曲。那女子就唱道:'一人在房啊忧闷无靠,想念情郎啊心中悲伤,心上人儿啊为何来迟,天色已晚啊青春将逝,愿以身相许啊是我久久存于心中的愿望。'接着她把玉钗挂在我的帽子上,双手牵着我的衣裳。

"这时太阳西下,四周一片昏黑,外面刮着寒风,白雪飘落,房内又静又空,听不到一点人声。而且连被褥都已摆好,还有其他用的、玩的珍奇物品,香炉里熏着香料,帷帐已经放下,床垫也铺得厚厚的,角饰的枕头就横放在床上。那女子就脱掉外套,只穿着内衣,洁白的肌肤露了出来,娇小的身形,丰满的胴体,当时她主动来亲近我,只感到她的躯体柔嫩细滑好比凝脂。于是我赶紧闭住气,收住心思以稳定情绪,反复默诵自己的誓言,拿定主意,决不动摇,终于高飞远去,和她永别。"

上疏谏猎

汉武帝喜好畋猎，常亲自格击猛兽，驰马追逐。司马相如当时任郎官，多次侍奉皇上狩猎，目睹种种惊险场面，认为以天子之尊是不应该从事这种危险活动的。于是上疏，陈述狩猎中可能出现的种种不测，从而进行劝谏。这与作者在《上林赋》中所表达的政治见解是一致的。不仅如此，而且由于前者是赋，其用意只能采用委婉讽喻的方式来表达，后者则直陈其事，其用意表达得明白显露。行文流畅，语言简净，是西汉初政论文写作风格的继承和发展，也表现了司马相如作为文学家的见识和气度。

臣闻物有同类而殊能者，故力称乌获①，捷言庆忌②，勇期贲、育③。臣之愚暗，窃以为人诚有之，兽亦宜然。今陛下好陵阻险④，射猛兽，卒然遇轶才之兽⑤，骇不存之地⑥，犯属车之清尘⑦，舆不及还辕⑧，人不暇施功，虽有乌获、逢蒙之伎⑨，力不得用，枯木朽株尽为难矣。是胡越起于毂下⑩，而羌夷接轸也⑪，岂不殆哉⑫！虽万全无患，

然本非天子之所宜近也。

且夫清道而后行⑬，中路而驰，犹时有衔橛之变⑭，而况乎涉丰草，骋丘墟，前有利兽之乐⑮，而内无存变之意⑯，其为害也，不亦难矣！夫轻万乘之重不以为安⑰，而乐出万有一危之涂以为娱，臣窃为陛下不取也。

盖闻明者远见于未萌，而智者避危于无形，祸固多藏于隐微而发于人所忽者也。故鄙谚曰⑱："家累千金，坐不垂堂⑲。"此言虽小，可以喻大。臣愿陛下留意幸察⑳。

---

①称：推举。乌获：战国时秦国力士，力能举鼎。　②庆忌：春秋吴王僚之子，以勇捷著称。　③贲：孟贲，战国时勇士。育：夏育，战国时勇士。　④陵：登。　⑤卒（cù）：同"猝"，突然。轶才：不寻常之才。　⑥骇：受惊。存：察看。　⑦"犯属车"句：是惊扰君王车驾的委婉说法。属车：古代帝王出行时的从车。清：把车尘称为清尘，是一种尊敬的说法。　⑧还辕：回车。　⑨逢蒙：夏代善于射箭者。⑩胡：古代对北方和西方各族的泛称。越：古代居于长江中下游以南的一个民族。毂（gǔ）：车轮中心的圆木，周围与车辐的一端相接，中有圆孔，用以插轴。代指车。　⑪羌（qiāng）：古代分布在今甘肃、青海、四川一带的一个民族。夷：古代对东方各族的泛称。轸（zhěn）：车箱底部四面的横木。代指车。　⑫殆（dài）：危险。

⑬清道：帝王外出，清除道路，禁止行人。　⑭衔（xián）：马嚼子，在马口中，用以制驭马之行止。橛（jué）：马口中所衔的横木，即马衔。变：变故。衔橛之变：谓马衔或断，以致车倾覆。　⑮利：贪。　⑯内：指心中。　⑰万乘：周制，王畿方千里，能出兵车万乘，故亦以"万乘"指天子。　⑱鄙谚：谚语。鄙：质朴、鄙陋，借指民间。　⑲垂：通"陲"，边缘。　⑳幸：封建时代称皇帝亲临为幸。

翻译

臣听说同类物中必有才能特异的，所以人中有力的就要推举乌获，身手敏捷的就该数庆忌，勇猛的就必然是孟贲和夏育。臣见识愚昧，私下认为人确实有这种情况，兽类也应该是这样。现在皇上喜欢登临草深林密、道途险峻的地方，亲自射杀猛兽，倘若突然遇上凶猛异常的野兽，在那预先没有察看过的地方受到惊恐，冲犯了皇上的车驾，那时来不及掉转车头，人也抽不出空来施展自己的技能，虽有乌获、逢蒙那样的才能，但用不上力，连枯枝烂树根都可能会成为灾难。这正好比胡越之敌从车下冒起，而羌夷之敌追逐在车后，这难道不是很危险吗！虽然一般说来是万分安全而不会有祸患的，然而这本来就不是天子所应该接近的。

再说，天子平时出巡，即使是清除道路后行驾，还常会有因衔橛折损致使车马倾覆的事变，何况奔驰在深草、荒野中，前有贪求野兽之乐的引诱，而心中又没有预防灾变的思想准备，这样出现事变也是很容易的。不把天子这样重要的地位和责任放在心中，不从安全出发,而喜好出没于有万分之一危险的地方并以此为娱乐,臣私下以为皇上这样做是不可取的。

聪明人能远见灾祸于未萌,智者能避开危难于无形,灾祸本来就大多藏在隐微之中,而发生在人们疏忽的情况下。所以谚语说:"家有千金的富家子弟,就不坐在堂屋的边缘。"这句话虽然说的是小事,却可以用来说明大问题。臣希望皇上能予以注意而详加审察。

哀秦二世赋

秦二世胡亥是秦始皇嬴政的次子。始皇死后,他运用阴谋手段,登上皇位。然后对内逼死公子扶苏及诸弟兄,残杀不顺从的文武官吏,对外秉承其父之酷政。他的上台,无异是给动荡不安的局势火上加油,终于酿成了秦末农民大起义。其本人也在这场大火中丧身,被埋葬于宜春宫中。

司马相如任郎官时,有一次他随从武帝畋猎而返,路过宜春宫。由此他想起了二世的下场,想起数十年前那场翻天覆地的变革,想到了自己似乎应该给皇上进谏点什么,以尽臣子之责。于是借题发挥,写下本文以表达自己的感慨和看法。

登陂阤之长阪兮①,坌入曾宫之嵯峨②。 临曲江之隑州兮③,望南山之参差。 岩岩深山之谾谾兮④,通谷豁乎谽谺⑤。 汩淢靸以永逝兮⑥,注平皋之广衍。 观众树之蓊薆兮⑦,览竹林之榛榛⑧。 东驰土山兮,北揭石濑⑨。 弭节容与兮⑩,历吊二世。 持身不谨兮,亡国失势;信谗不寤兮,宗庙灭绝。 乌乎^⑪！ 操行之不得^⑫，墓芜秽而不修兮，魂亡归而不食。 夐邈绝而不齐兮^⑬，弥久远而愈休^⑭。 精罔阆而飞扬兮^⑮，拾九天而永逝^⑯。 呜呼哀哉！

---

①陂陁(pō tuó)：倾斜不平。阪(bǎn)：山坡。　②坌(bèn)：一起。曾(céng)：通"层"。　③埼(qí)：曲折的堤岸。　④岩岩：形容高峻。硿(hōng)硿：形容长大。　⑤豁(huò)：深。谽谺(hān xiā)：形容山深。　⑥汨㴔(gǔ yù)：形容水流急速。靸(sǎ)：形容浪花飞扬。　⑦蓊薆(wěng ài)：形容草木茂盛。　⑧榛(zhēn)榛：形容草木丛生。　⑨揭：提起衣裳过河。濑(lài)：水浅而有石处。　⑩弭节：停息。容与：不前。　⑪乌乎：伤悼之辞，祭文中习惯用的套语。　⑫得：宜。　⑬夐(xiòng)：远。齐：读如"斋"。按，"夐邈"以下五句，《汉书》无，此据《史记》补。　⑭休：通"昧"，昏暗。　⑮罔阆(làng)：恍惚而无依靠。　⑯拾(shè)：升。

翻译

　　登上颠簸不平的长山坡啊，一块儿进入层叠高大的宫殿中。面前是曲江曲折的堤岸和小岛啊，远望那起伏蜿蜒的南山。高峻的深山连绵不绝啊，漫长的溪谷深而又深。湍急的水流泛浪流向远方啊，流入宽广平坦的河滩。观看群树茂密啊，浏览竹林丛生。

于是东行越过土山啊，向北提衣趟过小溪。在那儿停下不前啊，到二世墓前进行凭吊。想到他做人不谨严啊，致使国家灭亡权柄旁落；轻信谗言而不醒悟啊，到头来宗庙被毁。呜呼哀哉！只因他操行不合典则啊，到如今坟墓荒芜而无人修葺，他的灵魂无处安息，享受不到子孙的祭祀。很久以前就断绝而不供斋啊，越长久而越加荒漠阴沉。灵魂无依而到处飘扬啊，飘向九天而永远消逝。呜呼哀哉！

大人赋 ────

  汉武帝是一位雄才大略的皇帝,但是他受到历史的局限,未能摆脱封建迷信的桎梏,嗜好祀神求仙。于是有一些方士,如栾大、文成之流,陆续出现在武帝周围,鼓吹到海外幽山,祈求长生不老。武帝尽管多次上当受骗,仍未能清醒。

  在朝廷上下这种浓郁的崇道拜山气氛中,司马相如却表达了一种与众不同的看法。他以西王母为例,指出其在野居穴处中才获得长生,这样延寿虽万世也不足喜,这是对当时方士们所宣扬的脱离现实、隐居山林的求仙方式的抨击和蔑视;另一方面,他又塑造了一个统率众仙、奴役众仙的形象——大人,这个形象是司马相如综合武帝心理并发挥丰富想象力的产物,作者赋予"大人"以帝王之度,他那凌驾众仙遨游天外的行为和气质,给嗜仙的武帝造成了一种感觉上的快感,也满足了他的虚荣心。据《史记·司马相如列传》,武帝阅后,竟"飘飘有凌云之气,似游天地之间"。但是在赋末六句中,作者仍写出"大人"最终仍孤独地处在一个不见天地、虚无缥缈的空间。可以说,作品以"大人"去取悦武帝,而又攻击了方士宣扬的仙家生活,这正是司马相如的一种战略战术。作者所塑造的"大人"是一个艺术形象，这个形象受到我国浪漫主义文学传统，特别是《离骚》的深刻影响，它是作者超现实的畅想，表现了他对时空上绝对自由的追求，这种文学艺术上的大胆探索和运用，和方士们的谈神论鬼相比，无论是动机还是历史意义，都是迥然不同的。

世有大人兮①，在乎中州②。宅弥万里兮③，曾不足以少留④。悲世俗之迫隘兮⑤，朅轻举而远游⑥。垂绛幡之素蜺兮⑦，载云气而上浮。建格泽之修竿兮⑧，总光耀之采旄⑨。垂旬始以为幓兮⑩，曳彗星而为髾⑪。掉指桥以偃蹇兮⑫，又猗抳以招摇⑬。揽欃枪以为旌兮⑭，靡屈虹而为绸⑮。红杳渺以玄潜兮⑯，猋风涌而云浮⑰。驾应龙象舆之蠖略委丽兮⑱，骖赤螭青虬之蚴蟉宛蜒⑲。低卬夭蟜裾以骄骜兮⑳，诎折隆穷蠼以连卷㉑。沛艾赳螑仡以佁儗兮㉒，放散畔岸骧以孱颜㉓。跮踱輵辖容以骩丽兮㉔，蜩蟉偃蹇怵㷥以梁倚㉕。纠蓼叫奡蹋以艐路兮㉖，薎蒙踊跃腾而狂趡㉗。莅飒卉歙熛至电过兮㉘，焕然雾除，霍然云消㉙。

邪绝少阳而登太阴兮㉚，与真人乎相求㉛。互折窈窕以右转兮㊷，横厉飞泉以正东㊳。 悉征灵圉而选之兮㊹，都署众神于摇光㊺。 使五帝先导兮，反大壹而从陵阳㊱。 左玄冥而右黔雷兮㊲，前长离而后矞皇㊳。 厮征伯侨而役羡门兮㊴，诏岐伯使尚方㊵。 祝融惊而跸御兮㊶，清气氛而后行㊷。 屯余车而万乘兮㊸，綷云盖而树华旗㊹。 使句芒其将行兮㊺，吾欲往乎南嬉㊻。

历唐尧于崇山兮㊼，过虞舜于九疑㊽。 纷湛湛其差错兮㊾，杂遝胶辖以方驰㊿。 骚扰冲苁其相纷挐兮㋿，澎濞泱轧丽以林离㋿。 攒罗列聚丛以茏茸兮㋿，衍曼流烂坺以陆离㋿。 径入雷室之砰磷郁律兮㋿，洞出鬼谷之堀礨崴魁㋿。 遍览八纮而观四海兮㋿，朅渡九江而越五河㋿。 经营炎火而浮弱水兮㋿，杭绝浮渚涉流沙㋿。 奄息葱极泛滥水嬉兮㋿，使灵娲鼓瑟而舞冯夷㋿。 时若暧暧将混浊兮㋿，召屏翳诛风伯刑雨师㋿。 西望昆仑之轧沕荒忽兮㋿，直径驰乎三危㋿。 排阊阖而入帝宫兮㋿，载玉女而与之归㋿。 登阆风而遥集兮㋿，亢鸟腾而壹止㋿。 低徊阴山翔以纡曲兮㋿，吾乃今日睹西王母暠然白首㋿，戴胜而穴处兮㋿，亦幸有三足乌为之使㋿。 必长生若此而不死兮，虽济万世不足以喜㉕。

回车揭来兮㉖，绝道不周㉗，会食幽都㉘。 呼吸沆瀣兮餐朝霞㉙，咀噍芝英兮叽琼华㉚。 僸偋寻而高纵兮㉛，纷鸿溶而上厉㉜。 贯列缺之倒景兮㉝，涉丰隆之滂濞㉞。 骋游道而修降兮㉟，骛遗雾而远逝㊱。 迫区中之隘陕兮㊲，舒节出乎北垠㊳。 遗屯骑于玄阙兮㊴，轶先驱于寒门㊵。 下峥嵘而无地兮㊶，上嵺廓而无天㊷。 视眩泯而无见兮㊸，听敞恍而无闻㊹。 乘虚亡而上遐兮㊺，超无友而独存。

---

①大人：古称有德行的人。此为本赋的主人公，寓有帝王之意。
②中州：中原。　③宅：居所。弥：遍及。　④曾：乃。　⑤迫隘：狭窄。　⑥揭(qiè)：离去。轻举：飞升。　⑦绛(jiàng)：大红色。幡(fān)：旗帜。素蜺：白色的云气。蜺，通"霓"，虹的一种，亦指云气。
⑧建：竖。格泽：星名。　⑨总：系，拴。旄：竿顶用牦牛尾为饰的旗。　⑩旬始：星名。幓(shēn)：旌旗的旒。　⑪曳(yè)：拖。臂(shāo)：旌旗上所垂的羽毛。　⑫掉：摆动。指桥：柔弱的样子。偃塞(yǎn jiǎn)：屈曲婉转。　⑬猗柅(yǐ nǐ)：旌旗下垂的样子。招摇：摇动。　⑭揽：撮取。攙抢(chán chēng)：彗星的别称。　⑮靡：顺。绸(tāo)：缠裹，套。　⑯杳渺：深远。玄潘：形容昏暗。　⑰猋(biāo)风：暴风，旋风。　⑱应龙：神话中有翼的龙。象舆：传说中一

种象征太平祥瑞的车。蠖(huò)略:行步举止,如蠖之有尺度。委丽:从容自得的样子。 ⑲骖(cān):驾车时位于两旁的马。蚴蟉(yǒu liú):屈曲行动的样子。宛蜒(yán):屈曲行动的样子。 ⑳低卬:一低一高。夭蟜:屈伸的样子。裾:倨傲。骄骜:恣纵奔驰。 ㉑诎折:曲折。隆穷:隆起。蹶(jué):跳跃。连卷:屈曲。 ㉒沛艾:马疾行时摇动的样子。赳螑(jiū xiù):伸颈低昂。仡(yì):抬头。佁儗(chì yì):停止不前。 ㉓放散:不受拘束,放恣任性。畔岸:放纵任性。骧(xiāng):马首昂举。屛(chán)颜:马昂首开口状。 ㉔跮踱(dié duó):走路时忽进忽退。辄螛:摇目吐舌。容:趋。骫(wěi)丽:委曲相随。 ㉕蜩蟉(tiáo liào):掉头。怵臭(chù chuò):奔走。梁倚:互相依傍,如屋梁之相倚。 ㉖纠蓼:相引。叫裛(ào):大声喧呼。蹹(tà):踏。届(jiè):至。 ㉗蒙蒙:飞扬。蒙,通"霥"。踊跃:跳起。腾:奔驰。趭(jiào):奔跑。 ㉘苙飒(lì sà):形容飞疾。卉歙(huì xī):奔跑竞逐。焱(biāo):闪动。 ㉙霍然:形容迅速。 ㉚邪:斜。绝:渡。少阳:东方的极地。太阴:北方的极地。 ㉛真人:道家称修真得道或成仙的人。 ㉜互折:形容道路交叉曲折。窈窕(yǎo tiǎo):深远。 ㉝厉:渡。飞泉:山谷名,在昆仑西南。 ㉞灵圉:神仙的统称。 ㉟摇光:北斗七星的第七星。 ㊱大壹:即太一,星区名,属紫微垣。又天神名。陵阳:陵阳子明,仙人名。 ㊲玄冥:古谓水神或雨神。黔(qián)雷:即黔赢,天上造化神名,或曰水神。 ㊳长离:神鸟名。一说即凤凰。矞皇(yù huáng):神名。 ㊴厮:役,差唤。征伯侨:仙人名。羡门:仙人名。 ㊵诏:告,命令。岐伯:传说中黄帝时太医。尚:主。方:方剂。 ㊶祝融:火神。惊:警戒。跸(bì):清扫道路,禁止行人。御:防卫。 ㊷气氛:雾气。

㊸屯：聚集。乘（shèng）：一车四马为一乘。 ㊹綷（cuì）：五彩杂合。云盖：以云气为车盖。华旗：彩旗。 ㊺句（gōu）芒：木神名。将：率领。 ㊻嬉（xī）：玩乐。 ㊼历：经，过。崇山：山名，即狄山，相传尧葬其南。 ㊽九疑：山名，又名苍梧山，在湖南宁远南，相传舜葬此。㊾湛（zhàn）湛：密集。差错：交互，交错。 ㊿杂遝（tà）：形容众多杂乱。胶轕（gě）：交错纠缠的样子。方：并排，并头。 (51)骚扰：动乱不安。冲苁（cōng）：冲撞。苁，通“拟”，撞。纷挐（rú）：纷纭错杂。(52)滂濞（pāng pì）：形容众盛。泱轧（yāng yà）：无边无际。丽：附着，纠结。林离：众盛。 (53)攒（cuán）：簇聚。茏茸（lóng róng）：形容聚集。 (54)衍曼：接连不断的样子。流烂：散布，遍布。痑（shǐ）：众。陆离：参差。 (55)径：捷速，直接。雷室：雷渊，神话中雷神栖息处。砰磷：雷霆声。郁律：雷声。 (56)洞：通。鬼谷：传说中众鬼聚居处。在昆仑北直北辰下。堀礧（jué lěi）：形容山谷不平。崴（wēi）魁：形容山谷不平。 (57)八纮：八方极远的地方。 (58)朅（qiè）：语助词。九江：多条江。九，泛指众。五河：传说仙境中的五色河。 (59)经营：往来。炎火：传说中的火山。弱水：古水名。或由于水道浅，或由于当地人不习惯造舟而以皮筏交通，遂以为水力不胜舟，故称弱水。古籍中称弱水的河有多条，均在边地。 (60)杭：船，亦泛指交通工具。绝：渡。浮渚：本指水中小洲，此指沙漠中的绿地。 (61)奄（yān）息：停息。葱极：即葱岭，旧时对帕米尔高原和昆仑山、天山西端的统称。泛滥：犹浮沉。 (62)灵娲（wā）：女娲，传说中女神。冯（píng）夷：传说中河神，又称河伯。一说为河伯之妻。 (63)暧（ài）暧：阴暗不明。 (64)屏翳（píng yì）：神名，天神使。一说雷神。诛：责备。 (65)轧沕（yà wù）：形容不分明、不清晰。荒忽：隐约不明。

⑥三危：山名，在甘肃敦煌东南。 ⑥阊阖（chāng hé）：传说中天门。 ⑧玉女：仙女。 ⑨阆（làng）风：传说中仙人所居的山名。 ⑩亢（kàng）：高。 ⑪低佪：徘徊。阴山：传说中山名，在昆仑山西。纡曲：曲折，回旋。 ⑫西王母：神话中人物。一说其状如人，豹尾、虎齿、蓬鬓、白首。暠（hào）：白色。 ⑬胜：古代妇女首饰。 ⑭三足乌：传说中替西王母取食的青鸟。 ⑮济：渡过，经历。 ⑯揭（hé）来：何来。 ⑰绝：渡过，跨越。不周：传说中山名，在昆仑山东南。 ⑱幽都：北方极远的地方。 ⑲沆瀣（hàng xiè）：夜间的水气、露水。 ⑳咀嚼（jǔ jiào）：咀嚼。叽（jī）：稍稍吃一点。琼华：传说中琼树之花，食后长生。琼树长于昆仑西流沙滨。 ㉑偃（yǐn）：仰。祲（jīn）寻：渐进。 ㉒鸿溶：腾起上跃。 ㉓贯：穿。列缺：闪电。倒景：道家指天上最高的地方，因日在下，故名。 ㉔丰隆：神话中云神。滂濞（pì）：形容雨水盛多。 ㉕游道（dǎo）：游车和道车，天子出游时前驱之车。修：长。 ㉖骛（wù）：奔驰。 ㉗区中：区域之中。陕（xiá）：通"狭"。 ㉘舒：缓。北垠：北崖。 ㉙屯骑：集结之骑，众多之骑。玄阙：传说中山名，在极北处。 ㉚寒门：传说中地名，在极北处。 ㉛峥嵘：形容深远。 ㉜嶚（liáo）廓：空阔。 ㉝眩泯：目光不集中。 ㉞敞恍（chǎng huǎng）：不清楚，模糊。 ㉟虚亡：指天空。遝：远。

翻译

世上有一位有德的大人，住在中原。居所覆盖万里啊，却不足以稍稍停留。悲伤于人世间的狭窄啊，就飞升而向远方漫游。飘扬的红旗上饰着白色的云带啊，正载着云朵而上升。竖起格泽星的长竿啊，上面系着光亮的牦牛尾为饰的旗。垂挂着旬始星作为旒啊，拖着彗星作为装饰的羽毛。摆动着显得轻柔而婉转啊，时而下垂又不时飘摇。取挽抢星以为旌旗啊，又用蜿曲的彩虹缠裹旗竿。红光相耀令人感到幽深炫乱啊，就好像随着旋风上涌、乘云而升。驾着应龙拉的车如尺蠖一般从容前行啊，以赤螭青虬为骖弯弯曲曲地迈进。一低一高、一屈一伸傲然地奔驰啊，跳跃翻腾而蜿蜒向前。扭摆着身躯，伸颈低头而停滞不前啊，又放纵任性昂首张口而参差不齐。有时忽进忽退摇目吐舌奋力向前啊，有时掉转头一屈一伸地相互依随着奔驰。有时紧跟着叫喊着踏在路面上啊，有时飞奔着跳跃着急驰狂奔。如飞一般追赶着一闪而过，如闪电一般啊，一刹那十分光亮，如雾散云消。

　　斜行越过东极而又登上北极啊，和仙人们一起去探求。道路纷杂幽远而向右转啊，越过了飞泉谷一直向东前进。召集了仙人们而加以选择啊，把众神集结在摇光星旁。派遣五帝在前面导引啊，让太一神回原位而让陵阳子明紧相随。左边玄冥而右边黔雷啊，前面长离而后面矞皇。让征伯侨当差而让羡门服役啊，命令岐伯让他主持医方。祝融警戒并清道防卫啊，待清除雾气后便开始出发。集结我的车骑达万辆啊，聚彩云为车盖而插着彩旗。派句芒率队出发啊，我想往南去游玩。

　　经过了崇山边的尧墓啊，经过了九疑山旁的舜坟。众人层层叠叠地相互穿插啊，熙熙攘攘地并排奔驰。骚动着冲撞着纷纭错杂啊，密密麻麻相互纠结而难于向前。一堆堆一团团地集聚着啊，连绵不断散布各处而参差不齐。走进雷神居所听到砰磷郁律的雷声啊，走过鬼居之谷踩着坎坷不平的道路。遍览八纮、四海的地方啊，渡过了很多条江又越过五色河。来到了炎火山渡过了弱水啊，坐车越过了绿洲走过了沙漠。停在葱岭而泛舟游玩啊，让女娲弹琴而让冯夷起舞。一会儿天色昏暗将模糊不清啊，就召屏翳让他责备风神处罚雨师。西望昆仑山下正隐约模糊啊，便一直奔向三危山。推开天门进入天帝的宫殿啊，载着仙女们一起回来。登上阆风山在那遥远的地方会集啊，像高飞的鸟儿飞上来稍为止息。徘徊在阴山旁曲折地飞翔啊，我今天才亲眼看到西王母雪白的头，她戴着玉胜在洞穴中居住啊，亦幸亏有三足乌为她使唤。倘若一定要像这样才长生不死啊，虽然度过万代也不值得喜欢。

掉转车头从何处回来啊，越过了不周山，在幽都会合进餐。呼吸着夜间的水汽吃着朝霞啊，嚼着灵芝花瓣稍微吃些琼树的花。仰首逐渐地向高处腾跃啊，众神都耸身向上飞扬。穿过了最高处的闪电啊，经过了雨师的滂沱大雨。让游车和道车沿着长路下驰啊，把雾撇在后面而向远处急驰。感慨区域的狭窄啊，驱车缓行出了北部的边缘。把随从的众骑留在玄阙山上啊，在寒门超过了前导的车骑。下面深远而不见地啊，上面空阔而不见天。看着昏眩而无法见啊，听着模糊而分辨不清。乘虚空而上到那远方，越过一切没有朋友而独自存在。

封禅文

　　武帝元狩六年(前 117 年)，年已五十八岁的司马相如已步入生命的最后里程。此时他只牵挂着一件事——劝谏武帝着手准备封禅大典，于是留下一卷书，嘱托妻子交使者转呈汉武帝。

　　封禅是古代最隆重的国家大典，它不但显扬国威，同时标志着君权神授，因此极受重视。汉王朝至武帝中叶，经历了近九十年的休养生息，国力已十分强大，君臣上下都认为已到了可以举行封禅大典的时候。于是司马相如向武帝上书，劝谏进行封禅大典。文中主要以周和汉两朝进行比较，指出当今汉之功德已超越周，周能举行封禅，所以汉更应举行此大典。其次又借大司马之口，表达了臣属的意愿，以为当今倘若谦让而不举行封禅，将使"群臣恧焉"。全文写得情意恳切，也符合当时的国情民心，对汉武帝有一定的影响。至公元前 110 年，汉武帝终于举行了封禅大典。当然本文也多次提到所谓种种祥瑞，宣称举行封禅乃是天意，这种天人感应的唯心认识，对于封建士大夫的司马相如来说是不可避免的。

伊上古之初肇①，自昊穹兮生民②。历选列辟③，以迄于秦④。率迩者踵武⑤，逖听者风声⑥。纷纶葳蕤⑦，湮灭而不称者⑧，不可胜数也。继《韶》《夏》⑨，崇号谥，略可道者七十有二君，罔若淑而不昌⑩，畴逆失而能存⑪？

轩辕之前⑫，遐哉邈乎⑬，其详不可得闻已。五三《六经》⑭，载籍之传⑮，维风可观也⑯。《书》曰："元首明哉⑰，股肱良哉⑱。"因斯以谈，君莫盛于唐尧，臣莫贤于后稷⑲。后稷创业于唐尧，公刘发迹于西戎⑳，文王改制，爰周郅隆㉑，大行越成㉒，而后陵迟衰微㉓，千载亡声㉔，岂不善始善终哉！然无异端，慎所由于前，谨遗教于后耳。故轨迹夷易㉕，易遵也；湛恩厖鸿㉖，易丰也；宪度著明，易则也；垂统理顺㉗，易继也。是以业隆于襁褓而崇冠于二后㉘，揆厥所元㉙，终都攸卒㉚，未有殊尤绝迹可考于今者也㉛，然犹蹑梁父㉜，登泰山，建显号，施尊名。

大汉之德，逢涌原泉㉝，沕潏曼羡㉞，旁魄四塞㉟，云布雾散㊱，上畅九垓㊲，下泝八埏㊳。怀生之类，沾濡浸润㊳，协气横流㊵，武节焱逝㊶，迤狭游原㊷，遐阔泳沫㊸，首恶郁没，暗昧昭晰㊹，昆虫闿泽㊺，回首面内。然后囿驺虞之珍群㊻，徼麋鹿之怪兽㊼，导一茎六穗于庖㊽，牺双觡共抵之兽㊾，获周余珍，放龟于岐㊿，招翠黄乘龙于沼㊝。鬼神接灵圉㊞，宾于闲馆㊟。奇物谲诡㊠，俶傥穷变㊡。钦哉㊢，符瑞臻兹㊣，犹以为德薄，不敢道封禅。盖周跃鱼陨杭㊤，休之以燎㊥，微夫此之为符也，以登介丘㊦，不亦恧乎㊧！进让之道㊨，何其爽欤㊩？

于是大司马进曰㊪："陛下仁育群生，义征不憓㊫，诸夏乐贡，百蛮执贽㊬，德侔往初㊭，功无与二，休烈浃洽㊮，符瑞众变，期应绍至㊯，不特创见㊰。意泰山、梁甫，设坛场望幸㊱，盖号以况荣㊲，上帝垂恩储祉㊳，将以荐成㊴，陛下谦让而弗发。挈三神之欢㊵，缺王道之仪㊶，群臣恧焉。或曰且天为质暗㊷，示珍符，固不可辞㊸；若然辞之，是泰山靡记而梁甫罔几也㊹。亦各并时而荣，咸济厥世而屈㊺，说者尚何称于后㊻，而云七十二君哉？夫修德以锡符㊼，奉符以行事，不为进越也㊽。故圣王不替，而修礼地祇㊾，谒款天神㊿，勒功中岳㊱，以章至尊㊲，舒盛德，发号荣，受厚福，以浸黎元㊳。皇皇哉㊴！天下之壮观，王者之丕业㊵，不可贬也。愿陛下全之。而后因杂荐绅先生之略术㊶，使获耀日月之末光绝炎㊷，以展采错事㊸，犹兼正列其义㊹，被饰厥文㊺，作《春秋》一艺㊻，将袭旧六为七㊼，摅之亡穷㊽，俾万世得激清流㊾，扬微波，蜚英声㊿，腾茂实⑩。前圣之所以永保鸿名而常为称首者用此⑩，宜命掌故悉奏其仪而览焉⑩。"

于是天子俨然改容⑭，曰："俞乎⑮，朕其试哉！"乃迁思回虑⑯，总公卿之议，询封禅之事，诗大泽之博⑰，广符瑞之富。遂作颂曰：

自我天覆，云之油油⑱，甘露时雨，厥壤可游。滋液渗漉⑲，何生不育；嘉谷六穗，我穑曷蓄⑩。

非惟雨之，又润泽之；非惟偏我⑩，泛布护之⑪。万物熙熙⑫，怀而慕思。名山显位⑭，望君之来。君乎君乎，侯不迈哉⑮！

般般之兽⑯，乐我君囿；白质黑章⑰，其仪可嘉；旼旼穆穆⑱，君子之态。盖闻其声，今亲其来，厥涂靡从⑲，无瑞之征。兹亦于舜，虞氏以兴。

濯濯之麟⑫，游彼灵畤⑫。孟冬十月，君徂郊祀。驰我君舆，帝用享祉⑫。三代之前，盖未尝有。

宛宛黄龙⑬，兴德而升⑭；采色炫耀⑭，焕炳辉煌⑭。正阳显见⑫，觉悟黎烝⑭。于传载之，云受命所乘。

厥之有章⑭，不必谆谆⑭。依类托寓⑭，喻以封峦⑫。

披艺观之，天人之际已交，上下相发允答⑬，圣王之德，兢兢翼翼⑭。故曰："于兴必虑衰，安必思危。"是以汤武至尊严，不失肃祇⑮；舜在假典⑯，顾省厥遗⑰：此之谓也。

---

①伊：句首语助词。肇（zhào）：创建，初始。　②昊穹（hào qióng）：指天。生民：人。　③选：数。辟：君。　④迄（qì）：至。　⑤率：循。躧武：足迹。武，迹。　⑥逖（tì）：远。风声：遗风嘉声。　⑦纷纶：纷乱繁多。葳蕤（wēi ruí）：盛多。　⑧湮（yān）灭：埋没，磨灭。⑨韶：舜时乐，代指舜。夏：禹时乐，代指禹。　⑩罔：无。若：顺。淑：善。　⑪畴（chóu）：谁。　⑫轩辕：黄帝之名。　⑬遐（xiá）：远。邈（miǎo）：远。　⑭五三：五帝三皇，传说中的远古帝王。六经：《诗》《书》《礼》《乐》《易》《春秋》。　⑮传：记载，书传。　⑯维：乃。

风:《史记》《汉书》均作"见",于意为善。　⑰元首:指君王。　⑱股肱(gōng):喻君王左右辅助得力的臣子。　⑲后稷(jì):古代周族的始祖,传说在尧、舜时任农官,教民耕种。　⑳公刘:古代周族领袖,传说为后稷曾孙,夏末率周族迁至豳,开垦荒地,安定周族。发迹:立功扬名。西戎:中国古代西北戎族的总称,此指豳地,为旧西戎的居住地。　㉑爰:于是,乃。郅(zhì):极,大。　㉒行:道。越:同"粤",乃,于是。　㉓陵迟:衰颓。㉔亡声:谓声教、影响绝灭。㉕轨迹:喻行事的过程、方法。　㉖厖鸿:广大。　㉗理:顺。㉘襁褓:背负小儿所用的布兜之类。史传周成王年幼,周公负以摄政,以致太平。故以襁褓指周成王时期。二后指周文王、武王。㉙揆(kuí):度量。元:始。　㉚都:于。攸卒:所终。　㉛尤:特异。绝迹:不寻常的事迹。考:校核。　㉜蹑(niè):踏,踩,亦指登上。㉝逢:大。原:通"源"。　㉞汩潏(mì yù):形容泉水流动。曼羡:泛滥。　㉟旁魄:即磅礴,广被。　㊱布:分布。　㊲畅:通达。九垓(gāi):指九重天。　㊳泝(sù):通"溯",逆水而上,这里作流通解。八埏(yán):八方的边际。埏,大地的边际。　㊴沾濡:喻受惠。㊵协:和谐。　㊶武节:威武之道。猋(biāo):迅疾。　㊷迩(ěr):近。狭:狭窄,也指近旁的。原:本。　㊸遐阔:指遥远的、边境的。泳:浮游。沫:通"末"。　㊹暗昧:昏暗而不明事理,借指夷狄。昭晰:光明。　㊺闿泽(kǎi yì):和乐喜悦。泽,通"怿",喜悦。　㊻囿(yòu):此用作动词,在苑中饲养。驺虞:兽名。　㊼徼(yāo):拦遮。麋鹿之怪兽:指驺虞。　㊽导:择。　㊾牺:古代宗庙祭祀用的纯色牲畜。此用作动词,以某物为牺牲。觡(gé):骨角。抵:本,根部。双觡共抵之兽:指汉武帝时猎获的白麟,两角从一个根部冒出。

(50)岐：水名，在陕西岐山东北。 (51)乘：四。 (52)灵圉：仙人名，此指武帝时的一名女巫，长陵人，号神君。 (53)宾：客居。 (54)谲（jué）诡：怪异，变化多端。 (55)俶傥（tì tǎng）：卓异。穷：极，尽。 (56)钦：敬。 (57)臻（zhēn）：至。 (58)跃鱼陨航：周武王伐纣，渡黄河时，有白鱼跃入舟中。陨，坠落；航，舟。 (59)休：美。燎（liào）：祭天。 (60)介丘：指泰山。介，大。 (61)恧（nǜ）：惭愧。 (62)进：就其所处的地位而超前一步称进，此指周未具备封禅的条件而举行该项仪式。让：退让，与“进”相对。此指汉可封禅而不进行。 (63)爽：差。欤：句末语气词。 (64)大司马：官名。汉武帝罢太尉，置大司马，三公之一。进：上言，进谏。 (65)憓（huì）：顺服。 (66)百蛮：泛指四方少数民族。贽（zhì）：旧时初次求见人时所送的礼物。 (67)侔（móu）：齐，等。 (68)休烈：盛美的功业。浃洽（jiā qià）：深入普遍地赐惠。 (69)绍：继承。 (70)特：独。创见（xiàn）：初次出现。 (71)梁甫：泰山下的一座小山，在山东新泰西。坛场：举行祭祀大典的场所。 (72)盖：加。况（kuàng）：通“贶”，赐予。 (73)垂恩：赐予恩泽。祉（zhǐ）：福。按，“上帝”二句，《文选》无，据《史记·司马相如列传》补；《汉书》亦有此二句，但“荐”作“庆”，亦通。 (74)荐：献，进。 (75)挈（qiè）：绝。三神：天地山之神。 (76)仪：仪礼，仪式。 (77)质暗：诚信而不显露。 (78)辞：推托，辞让。 (79)靡记：无碑文记载。罔几：无希望，意谓还不如泰山。几（jī）：庶几，表示希望之词。 (80)屈：绝。 (81)称：说，宣扬。 (82)锡：赐。 (83)进越：指苟进逾礼。 (84)地祇（qí）：地神。 (85)谒：告。款：诚。 (86)勒功：刻石以记功。中岳：嵩山。 (87)章：彰，显扬。至尊：君王。 (88)浸：浸润，喻受惠。黎元：黎民，百姓。 (89)皇皇：美盛。 (90)丕（pī）：大。 (91)杂：重积，总集。荐绅：旧时士大夫的装束,亦作士大夫的代称。略术:即道术、治道的方法。 ㉒耀:受照射。末光绝炎:犹余光远焰,喻德泽之末流。 ㉓采:官职。展采:设置官职。错(cuò):施行。 ㉔"犹兼"句:还兼有正天时,列人事,叙述大义。 ㉕袚(fú)饰:整治。 ㉖艺:经。 ㉗"将袭"句:将继《六经》,加一为七。 ㉘摅(shū):散布。 ㉙俾(bǐ):使。清流:喻好的声誉。下句中"微波"义亦同。 ⒀蜚:古"飞"字。 ⒁腾:宣扬。茂实:喻功业。 ⒂鸿名:宏名,巨大的声誉。称首:最为赞许。 ⒃掌故:汉官名,掌管礼乐制度等的故实。 ⒄俙(xī)然:感动的样子。改容:改变脸部表情。 ⒅俞:犹言然,表示应允。 ⒆迁思:改变思想观点。 ⒇诗:歌咏。 ⒈油油:形容云彩飘动。 ⒉滋:润泽。渗漉(lù):水下流渗透。 ⒊穑(sè):收获谷物。曷(hé):何。 ⒋偏:特别照顾。 ⒌泛布:散布,遍布。 ⒍熙熙:和谐快乐。 ⒎名山:大山,特指泰山。显位:要事,指封禅大事。 ⒏侯:何。迈:行。 ⒐般般之兽:指驺虞,瑞兽名,传说其身躯白色而带有黑色斑纹。般般:犹斑斑,形容物体之花纹。 ⒑质:本体。章:文彩,花纹。 ⒒旼(mín)旼:形容和蔼。穆穆:肃敬的样子。 ⒓从:通"踪",踪迹。 ⒔濯(zhuó)濯:形容肥而有光泽。一说嬉游的样子。 ⒕灵畤(zhì):古时祭祀天地五帝的固定处所。 ⒖用:以,因此。享祉(zhǐ):接受祭祀而赐福。 ⒗宛宛:形容屈曲延伸。 ⒘"兴德"句:德业兴盛时才升现。 ⒙炫耀:形容光亮。 ⒚焕:明亮。炳:光明。辉煌:光辉灿烂。 ⒛正阳:日为众阳之宗,古以为人君之象,亦代指帝王。 ㉘黎烝:指百姓、众民。 ㉙章:通"彰",显扬,表明。 ㉚谆谆:反复陈述。 ㉛寓:寄。 ㉜喻:理解,明白。峦:山。 ㉝允:相称,相当。 ㉞兢(jīng)兢:形容小心谨慎。

翼翼：形容恭敬。　⑬肃祗（zhī）：恭敬。　⑬假典：大典，指郊礼，封
禅大典。假，大。　⑬省（xǐng）：察看。

翻译

　　从上古时代开始，自天下初有人类，历数众代君王，一直到秦朝。遵循近代的遗迹，听察远古的余风，就可以知道，古代君王的事迹繁杂盛多，已埋没而无人称颂的，不可胜数。能继承舜、禹，生时有尊号，死后有美谥，简略地能够提到的有七十二位君主，没有一个顺着善道而行不昌盛的，也没有谁逆施失德而能久存的。

　　轩辕氏之前，远而又远了，那详细的情形已无法知道了。五帝三皇和《六经》，这些写在书籍上的记载，才是能见到而值得观看的。《尚书》说："君王圣明，臣子贤良。"因此可以说，君主没有比唐尧更昌盛的，臣子也没有比后稷更贤良了。后稷创业于唐尧时期，公刘立功扬名于豳地，文王改革制度，及周而极盛，大道于是始成，后来虽然政教颓替，后嗣衰微，犹经历千年而无恶声，这难道不是善始善终吗？然而没有出现异常的祥瑞，他既小心地遵循前人所走之路，又谨慎地给后世留下教诲。所以他的事迹平易，使人容易实施；恩泽深而广大，使人容易收获丰厚；宪章法度明晰，使人容易遵守；遗留王业顺当，使后嗣容易继承。因此功业隆盛于成王而其功德应冠于文王、武王，衡量它的开始，一直到它的结束，没有什么可以与今天进行比较的特殊异常的事迹，然而他还是踏上了梁父山，登上了泰山，建树显赫的称号，施扬尊贵的

名誉。

而大汉的德惠，则如喷涌的泉水，流溢泛滥，布满四方，又如云雾布散，上通达九天，下漫延八方的边际。凡是有生命的物类，都沾受着它的恩泽。和气横被四表，武德迅达远方。德如流水，近旁的人漫游于源头，而边远的人则游于末端。为首作恶者都被消灭，夷狄也开化明理，连昆虫也和乐喜悦，都转头面向中原。然后圉中豢养驺虞珍兽，拦遮着这种似麋非麋的奇兽，择取一茎六穗的瑞谷送庖厨以供祭祀，以两角共一根基的白麟作为牺牲，在岐水旁捕获周代放生的灵龟，在沼泽中招至四条翠黄色的龙。女巫神君与鬼神相交通而客居于空闲的宫馆中，珍奇之物怪异非常，卓然绝异，穷极事变。盛美啊！祥瑞显降得这样多，还以为德薄，不敢议论封禅。周在伐纣渡河时白鱼跃入舟中，便以为美善，就烧以祭天，只是这么一点小事作为祥瑞，凭此登泰山而封禅，难道不惭愧吗？可以说周不具备条件却进行封禅，汉该封禅而不举行，两者行事的差异是多么大啊！

于是大司马进言说："皇上以仁政养育百姓，据道义去征伐不顺伏者，于是国内都乐意贡纳赋税，四方少数民族都执礼品而朝见，德惠与以往的圣君相等，功绩无人可与并列，盛美的德泽遍及天下，各种祥瑞变化应期而至，陆续降临，而不仅仅是刚刚出现。料想泰山和梁父两处设置祭祀的坛场都是望君王驾临，加以尊号，赐予荣名。现在上天已通过瑞兆表示赐恩积福，将以庆告成之礼，然而皇上谦让而不举行，绝天、地、山三神之欢乐，缺王道之礼仪，使群臣感到惭愧。有人说天道诚信而不显露，既从祥瑞表明了它的意向就不可辞让;倘若辞让了,那么泰山就不会有碑刻,梁父的祭坛也不会存在了。倘若古代君王都只是在其所在的时代显示出荣盛,其济世功勋随着时代而湮灭,那么那些谈论的人又怎么能在后代颂扬它,并说有七十二贤君呢? 由于修德而上天赐予瑞兆,帝王凭据祥瑞以行封禅之事,这不能认为是逾礼。所以圣明的君主都不废封禅之事,治具礼仪而向地神、天神谒告诚意,在嵩山刻石记功,以显扬君王,广播其大德,获得名号荣誉,接受丰厚的福泽,并让百姓沾溢。这真是件美盛的事,是天下奇伟可观的事情,是君王的大业,是绝不可以损减的。希望皇上能不折不扣地实行。而后杂用士大夫的治国方略,让他们感受到帝德的恩宠如日月之光炎照耀,以扩展其司职,施行其事业,并兼正天时,列叙人事,归纳其义,整理文章,写出如《春秋》那样的典籍,那将使旧有的《六经》加上一部,成为'七经',以散布于无穷的后世,使万世都能激扬其好名誉,飞扬英华之声望,宣扬茂盛之业绩。先前的圣君之所以能永保美名而经常受赞颂都因为这个缘故。所以君王应让掌故详尽地把封禅的仪礼呈上并请您观览。"

于是天子显露出感动的面容,说:"好的,我试试看。"就改变了观点,总集公卿的议论,询问封禅的事项,歌颂上天恩泽的博大及祥瑞的富饶。于是就作颂说:

> 自我上天覆大地,白云悠悠行上空。
>
> 甘露时时降落下,其域润泽可遨游。
>
> 甘美之露频流下,有何生物不生育;
>
> 嘉禾一茎生六穗,我蓄何谷蓄嘉谷。

甘露并非单落下,而又润泽众生民;
甘露非单润生民,而又遍布万物类。
滋育万物皆和乐,归附仰慕思念之。
泰山封禅位显要,望君来临殷切切。
君王君王反复念,何不迈步行往之!

文采斑斓珍异兽,游乐君王的苑囿,
雪白躯体缀黑纹,仪容体貌诚可喜;
禀性和蔼而肃敬,一副君子之仪态。
往日仅闻其声誉,而今亲自观其来。
察其来路无踪迹,莫非上天降瑞兆。
此事唯见舜时有,有虞因此以昌盛。

肥而光亮一白麟,率意嬉游至神畤。
农历初冬时十月,君王出外去郊祀。
白麟驰过君车旁,帝享祭祀答福祉。
三代之前岁月远,未尝听说此类事。

盘旋屈伸一黄龙,德业兴盛才飞升;
斑斓色彩正光亮,明明晃晃又辉煌。
人君之象明显现,醒悟黎民与百姓。
此事书传有记载,受命之君所驾乘。

诸瑞历历皆有彰,不必反复叙述它。

依托同类寄其意,晓喻泰山需封禅。

　　翻开经籍察看,明白上天下人之际已经交通,君臣之间也都行动起来以报答上天。圣王之事,小心谨慎而恭恭敬敬。所以说:"兴盛时必定要考虑到衰微之日,安定之日也必须思索危难之时。"因此汤武尽管已登上了最高贵尊严之位,也不忘恭敬天地之神;舜能在大典举行中检验出政事的得失。他们的行为体现的就是这个道理。

中华文史名著精选精译精注（全民阅读版）
已出书目

书　名	导读人	审阅人
贾谊集	徐超、王洲明	安平秋
司马相如集	费振刚、仇仲谦	安平秋
张衡集	张在义、张玉春、韩格平	刘仁清
三曹集	殷义祥	刘仁清
诸葛亮集	袁钟仁	董治安
阮籍集	倪其心	刘仁清
嵇康集	武秀成	倪其心
陶渊明集	谢先俊、王勋敏	平慧善
谢灵运鲍照集	刘心明	周勋初
庾信集	许逸民	安平秋
陈子昂集	王岚	周勋初、倪其心
孟浩然集	邓安生、孙佩君	马樟根
王维集	邓安生等	倪其心
高适岑参集	谢楚发	黄永年
李白集	詹锳等	章培恒
杜甫集	倪其心、吴鸥	黄永年
元稹白居易集	吴大逵、马秀娟	宗福邦
刘禹锡集	梁守中	倪其心
韩愈集	黄永年	李国祥
柳宗元集	王松龄、杨立扬	周勋初
李贺集	冯浩菲、徐传武	刘仁清
杜牧集	吴鸥	黄永年

书　名	导读人	审阅人
李商隐集	陈永正	倪其心
欧阳修集	林冠群、周济夫	曾枣庄
曾巩集	祝尚书	曾枣庄
王安石集	马秀娟	刘烈茂、宗福邦
二程集	郭齐	曾枣庄
苏轼集	曾枣庄、曾弢	章培恒
黄庭坚集	朱安群等	倪其心
李清照集	平慧善	马樟根
陆游集	张永鑫、刘桂秋	黄葵
范成大杨万里集	朱德才、杨燕	董治安
朱熹集	黄珅	曾枣庄
辛弃疾集	杨忠	刘烈茂
文天祥集	邓碧清	曾枣庄
元好问集	郑力民	宗福邦
关汉卿集	黄仕忠	刘烈茂
萨都剌集	龙德寿	曾枣庄
王阳明集	吴格	章培恒
徐渭集	傅杰	许嘉璐、刘仁清
李贽集	陈蔚松、顾志华	李国祥、曾枣庄
公安三袁集	任巧珍	董治安
吴伟业集	黄永年、马雪芹	安平秋
黄宗羲集	平慧善、卢敦基	马樟根
顾炎武集	李永祜、郭成韬	刘烈茂
王士禛集	王小舒、陈广澧	黄永年
方苞姚鼐集	杨荣祥	安平秋
袁枚集	李灵年、李泽平	倪其心
龚自珍集	朱邦蔚、关道雄	周勋初